ハズレスキル『おもいだす』で記憶を取り戻した大賢者

～現代知識と最強魔法の融合で、異世界を無双する～

1

Nobeno Masayuki
延野正行

イラスト 松うに

CONTENTS

Presented by Nobeno Masayuki
and Matsuuni

第一部 プロローグ ――― PROLOGUE

雷鳴が迫ってくる――そんな音だった。

それが無数の足音だと気づいたとき、俺の視界に異形《いぎょう》の集団が映っていた。

雄叫《おたけ》びを上げ、粗末な棍棒《こんぼう》を振りかざし、長い舌の先から涎《よだれ》を垂らして、虹彩のない暴力的な瞳を俺に向けている。大きく出っ張った腹はただ野生動物を捕食しただけとは思えないほど大きく、ついた皮下脂肪が太鼓のように震えていた。

「トロルだ……」

初めて見た異形の魔獣を前にして、自然と言葉が湧き上がってくる。暗い部屋でディスプレイ越しにしか見たことがなかった異世界の魔獣の集団が、一斉に俺に向かって襲いかかろうとしていた。

一回りも二回りも大きな魔獣たちの進軍に対して、俺の装備は十分とは言えない。

刃引きもされていない棒きれ同然の剣に、革の胸当ては使い込まれすぎて、海外製の段ボールよりも薄っぺらくなっている。気休め程度に装備しているが、本当に気休めでしかない。猛スピードで突っ込んでくるダンプカーを段ボールだけで受け止めろと言っているようなものだ。

「助けて！　助けてくれぇええ!!」

闇雲《やみくも》に叫んだが、周りに人の気配はない。

仲間もなく、手には倒した魔獣の魔石。耳朶《じだ》を打つのは、絶望の足音だ。

獣臭が濃くなってくる。数秒もしないうちに、俺はトロルたちに取り囲まれ、肉を裂かれ、内臓を食われ、骨までしゃぶり尽くされる。そんな未来が容易に想像できるほど、トロルたちの気勢は凄まじかった。よっぽど人間に恨みでもあるのだろう。

「やめろ！　来るな！　来るなよ!!」

情け容赦なく迫る魔獣の大群の前にして俺は泣き叫ぶ。

涙と鼻水で顔面をぐちゃぐちゃにしながら、俺は「終わった」と呟《つぶや》いた。

「ふざけるなよ……」

医者の両親に半ば脅迫されながら勉強漬けにされた人生だった。友人からの遊びの誘いも断って、ひたすら勉強に邁進《まいしん》した。結果両親が勧める医大に二回失敗し、そして三度目も落ちた。

今まで「絶対国立！」「勉強しろ！」と言ってきた両親の言葉は、「クズ！」「恥さらし」という罵倒に変わった。近所でも後ろ指を差され、俺は部屋に引きこもるようになった。

そんな俺が、異世界でなら人生をやり直せると知ったとき、どんなに嬉しかったか。

けど、現実はどうだ？

俺は今トロルたちの群れを前にして、死の淵にある。

ふざけんなよ……。折角、やり直しができると思ったのに。親が敷いたレールの上を走るんじゃなくて、異世界に来たら自分の人生は自分が決めると、そう誓ったばかりなのに。

「………結局、俺はハズレ勇者、いや俺の人生そのものがハズレだったのか」

次の瞬間、俺はトロルに跳ね飛ばされた。視界に空と地面を交互に映り、骨が内臓を突き破って、金属を舐めたような味が口内いっぱいに広がっていく。

終わった。今度こそ終わった……。

黒野賢吾《くろのけんご》の人生はそこで終わりを告げた――そう思っていた。

第一部　第一話

EPISODE.1

「え？　ハズレ勇者？」

三日前。俺こと黒野賢吾は、突如ティフディリア帝国という異世界の国に召喚された。

中世ヨーロッパを思わせる城には、電気や電灯など現代科学を思わせるようなものは一切なく、代わりに見たことのない光蟲《ひかりむし》のようなものがふよふよと浮いている。挨拶もそこそこに通されたのは、大きな広間だ。敷き詰められた真っ赤な絨毯《じゅうたん》の上には、いかにもという服装の家臣や貴族が並んでいる。召喚された勇者に興味津々といった様子で、視線に熱が籠もっていた。

俺の他にも異世界に召喚された人間は四人。なんと全員が日本人だ。

それぞれ広間の奥に通されると、俺たちはティフディリア帝国の皇帝に謁見した。

じゃがいもみたいな丸くコロッとした顔に、大きな太鼓腹。玉座からぶら下がった短足。目も眠そうで、トロンとしており覇気がない。あと明らかにズラだった。ティフディリア帝国は、ジオラント大陸でも一、二を誇る大国だと、ここに来るまでに説明を受けたが、そんな強国の主にはとても思えない。冴えない中間管理職といった風貌だった。

その皇帝からひとしきり歓待の言葉を受けた後、俺たちの前に現れたのは水晶玉である。

召喚された勇者にはランダムに、ギフトとクラスというものが与えられるらしい。

ギフトとは、所謂《いわゆる》ゲームでいうところのスキルのことだ。

この世界の人間は魔素を吸うことによって、俺が魔法と呼んでいた『スキル』というものが使えるようになるらしい。その上位スキルといえるのは、異世界から召喚された勇者だけが使える『ギフト』なのだそうだ。

一般人のクラスはゴミ同然の能力しか持っていないが、異世界から召喚された人間は違う。高確率でレアリティの高いクラスを持って召喚されることから、異世界召喚は百年以上昔から行われたそうだ。

水晶玉はそのクラスとギフトを確認できる魔導具らしい。

星の数によってレアリティが決まるのは、まるでソーシャルゲームようだ。

初めは子ども。次にオタク系のオドオドした中年の男。最後に顔に入れ墨をしたいかにも〝悪〟という見た目をした男だ。それぞれ高いレアリティのクラスを引き、皇帝や周りから称賛される。いよいよ俺の番となり、手を挙《あ》げた。

水晶には五つの星が浮かび、俄然期待が膨らんだが、水晶を覗いた神官の表情には落胆の感情が色濃く浮かんでいた。

「ハズレ勇者ってどういうことだよ！　見たろ？　星が五つ浮かんでいたじゃないか！」

「落ち着いてください、クロノ殿。まずあなたのギフトは『おもいだす』です」

「え？・」

おもい………だす？　なんだ、そりゃ？

「そして、クラスですが………………、ありません」

「へ？　クラスがない？」

俺は水晶を掴んで、覗き込む。異世界の文字だが、どういうわけかはっきりと読めた。

五つの星。ギフト『おもいだす』。そしてクラスの部分には何も書かれていない。

謁見の間はまるで人がいないみたいに静まり返る。拍手もなければ、歓声も聞こえてこない。俺たちが鑑定を受ける度に熱狂的な声援を送っていた野次馬たちは、目に見えて盛り下がっていた。

助けを求めるように皇帝のほうを振り返る。それまで歓待ムードだった君主の瞳が一転して凍てついているのを見て、思わず息を呑んだ。やがて皇帝は玉座に座り直す。

「クラスがないなら、ハズレ勇者で間違いあるまい」

「ちょっと待ってくれよ。ハズレ勇者って……。俺はどうなるんだよ。まさか勝手に召喚しておいて、このまま追放するとか言わないよな。ウェブ小説の主人公じゃないんだ。こんなよくわからない世界で、一人で生きてくなんて」

俺の言葉に誰も反論しない。沈黙、それ即ち真実だということだ。

本気で俺をこの帝宮から追い出すつもりらしい。

「うっせぇなあ……。ギャアギャア喚くな、落ちこぼれ」

突然、横合いから殴られた俺は、為す術なく転倒する。

顔を上げると、こめかみの辺りに入れ墨をした男が口元を緩め立っていた。俺と同じく召喚された男だ。名前は確かサナダ・ミツムネ。ギフトは『あんこく』。クラスは『暗黒騎士』。レアクラスの中でも、さらに低確率のクラスらしく、皇帝を含め多くの貴族や家臣から賛美されていた。

ミツムネは俺に馬乗りになると、さらに口端を歪《ゆが》める。

「お前。元いじめられっこだろ」

「え？」

「やっぱりな。オレはよ。いじめられっこって奴《やつ》が嫌いなんだ」

「……あ、あんたは何を言ってるんだ？」

「お前みたいな、どカスを見ると、無性に殴りたくなる。子どもの頃からな。……なのによ、殴られたカスどもは親だの、先公だの、教育委員会だのをわんさか味方につけて、オレのことをこぞって頭がおかしいだの、家庭環境が悪ぃだの、挙げ句病気だのと言いだす始末だ。オレはタイマンをしたかっただけなのによ。世の中、ダッせぇ奴らばかりだ」

ヒュッと風切り音が鳴る。ミツムネの拳が俺の鼻先で止まった。拳速が速すぎて、仰け反ることもできない。野生の獣のような目を見て、俺はようやく思い出した。

ミツムネの正体――真田三宗《さなだみつむね》のことを……。

二年前、ネット配信限定で「日本一の不良を決める」というコンセプトで、ある格闘興行番組が始まった。その名は『リビング・ウォーリア』。過激で、ときに凄惨なシーンすら映すことも少なくなかった番組は、社会現象になるほどの超人気番組にのし上がっていった。

その元人気バトラーの名前が真田三宗だ。

番組内ではもっとも日本一の不良に近い男と紹介され、一躍スターダムにのし上がっていったが、一方でそのバトルスタイルは残忍極まりないものだった。何人ものバトラーを病院送りにし、さらに

ＳＮＳなどに投稿した悪びれることのない言動が物議を醸し出した。しかし逆にそれがカルト的な人気を生み出し、結果多くのファンを獲得していった。

一方で番組は三宗に対して、自重を促したのだが、三宗はことごとく無視。

結局、あと一歩で日本一というところで、番組から追放されてしまうが、三宗がいなくなった『リビング・ウォーリア』の視聴回数は激減。社会問題として取り沙汰されることもしばしばだった番組は、結局一年足らずで打ちきりとなってしまった。

そのミツムネ・サナダが今俺の前にいる。容貌は変わっているが、間違いないだろう。

「いつまでもビビってんじゃやねぇよ。自分のことは自分の力で解決しろ。……男ならな」

「狂ってる……」

「あん？」

「な、なあ、ミツムネ。他の勇者も聞いてくれ。逃げよう。ここは狂ってる。わざわざ拉致《らち》してきた人間を使えないからって、なんの責任もとらず追い出そうとしてるんだぞ。そんな帝国、信用できないだろう。お前たちだっていずれ――」

突然、ミツムネは俺の頬を張る。

「黙れよ、カス！　ああ……。ハズレ勇者とか言うんだっけか？　まったく……、オレまで巻き込むんじゃねぇよ」

「ボクも、そこの入れ墨のお兄さんと同意見かな。そもそも逃げるたって、どこに逃げるのさ」

聞こえてきたのは「ショウ」とだけ名乗った子どもの声だった。

皆がミツムネの迫力に圧倒される中、一人ヘラヘラと笑っている。

ショウのギフトは『ジャンプ』。クラスは『竜騎士』だ。こちらも『暗黒騎士』の次ぐらいにレアリティの高いクラスらしい。

最後に俺は一縷《いちる》の望みをかけて、オタク系の中年と目を合わせたが、すぐに逸らされてしまう。

俺が他の勇者の説得に失敗したのを見た後、ミツムネは皇帝のほうに振り返った。

「……おい。そこのエラそうなおっさん」

「お、おっさん……」

「ギフトってのはどうやって使うんだ」

「ぎ、ギフトは勇者専用の能力だ。余も詳しくは知らぬ。ただ御心のままに念じられよ」

ミツムネはおもむろに手をかざした。そう。魔法を使うみたいに。

すると、小さく黒い電撃のようなものが走ったように見えた。

「だいたいわかったぜ。この頭の中に浮かんだ文字に、スイッチを入れるような感覚だな」

「おお！　勇者殿は既にギフトを使いこなしておられるというのか」

皇帝が身を乗り出す中、俺は必死に訴えかけた。

「おい。やめろ。嘘だよな！」

「黙れ、どカス。……お前も勇者の端くれだろ？　だったら防いでみろよ」

あんこく……。

次の瞬間、ミツムネの手から黒い泥のような奔流が放たれる。

俺に防御する術《すべ》も、道具もない。俺のギフト『おもいだす』が発動することもなかった。

ただ俺は暗黒の中に飲み込まれていく。真っ暗な闇の中で、生きる気力を奪われ、腹一杯になるまで絶望を呑まされる。身も心もバラバラになり、ひたすら暗闇の中で自分が分解されていくような感覚を味わった。

これが〝死〟か……。

そう思ったとき、俺は生きることを諦めるしかなかった。

◆◇◆◇◆

プツンと俺の中で何かが繋がった瞬間、意識が戻った感覚を感じた。

俺は特に慌てる必要もないのに、大きく息を吸って上半身を起こす。たちまち鼻を衝《つ》き、喉の奥へと流れ込んできたのは、人糞と腐った生き物を混ぜたような臭い。いや、それ以上の汚臭だ。

とにかく形容しがたい臭いに鼻を摘まむと、今度は頭を強《したた》かに打ち付ける。

俺が目覚めたのはベッド上だった。それも格安宿泊施設にあるような四段ベッドの二段目。ベッドとベッドの間は狭く、ちょっと背筋を伸ばしただけで額《ひたい》が当たる。腹にかかっていた薄い布団は黄ばんでいた。

「ここは？」

「気が付いたかい」

しゃがれた老婆のような声が聞こえて、振り返る。

すると、本当に毒沼の畔《ほとり》に住む魔女みたいな婆さんが立っていた。

「ようこそ、ハズレ勇者殿。『勇者の墓場』へ」

そう言うと、老婆は「ひょひょひょ」と気味悪い声を上げて、笑った。


「俺、死んだんじゃないのか？」

慌てて自分の身体をまさぐってみると、確かに感触を感じる。

ミツムネに殴られた傷も癒やされ、腫れも引いていた。

「あんたがいた世界はどうか知らないけど、こっちの世界にはスキルや魔法って便利なもんがあるんだ。剣で斬《き》られたぐらいじゃ、死にゃしないよ。まあ、だからこそまともに死ねないんだけどね、ひっひっひっ」

笑ったのは老婆だ。粗末な抹茶色のローブに、シミだらけの大きな鉤鼻。ローブから出た手は、節くれ立ってまるで骸骨のようだった。

「お婆さんが手当を？　お礼が遅くなってすみません。助けてくれてありがとうございます」

「礼なんていいよ。あたしゃ、あんたの袖の下が欲しいだけさね」

「袖の下？」

賄賂ってことか。反射的にポケットをまさぐると、五枚の銀貨が入っていた。

この世界の貨幣だろうか。だが、なんでこんなものが入っているのか、さっぱりわからない。

ぼんやりしていると、老婆はその内の二枚を俺の手の平から拾い上げた。

「もらっとくよ」

「あ。ちょっ！」

「なんだい？　文句あんのかい？　あたしゃ、あんたを助けた。そしてここに二日も泊めた。この二枚の銀貨は宿代だ」

「慈善事業じゃないのかよ」

「何を甘ったれたことを言ってるんだい？　お前たちみたいなハズレ勇者を野垂れ死ぬ前に拾ってやってるんだ。あたしゃ、そんなお前さんらを格安で泊めてやってるんだよ。もっとありがたく思ってほしいもんだねぇ。……ん？　おい！　お前！　いったい、いつまで寝てるんだい。とっとと仕事に行きな！　宿代を払えないなら、出ていってもらうからね」

横で寝ていた人間の尻を叩く。「すみません」といって飛び起きると、宿房から出ていった。

俺は周りを見る。空気も悪いが、雰囲気も最悪だ。

皆、疲れた顔をして、泥のように眠っている。夢でうなされ、泣いている者もいた。

俺のように黒髪、黒目の日本人らしき者もいれば、青い目をした人間もいる。

「ここはあんたみたいに勇者と認められず、帝宮から追放された者たちの掃きだめさ。さあ、もうあんたが置かれた立場は理解できたろ？　ならとっとと仕事に行くんだね」

「仕事って……。何をすれば」

「決まってる。冒険者さ。それとも内臓でも売るかい、あんた？」

「内臓って……。ま、待ってください。いきなりそんなことを言われても」

既に俺は二日間ここで寝て暮らし、二枚の銀貨を取られた。

残りは三枚。稼ぎがなければ、あと三日でここから出ていかなければならない。

たぶん『勇者の墓場』はハズレ勇者の期間限定のセーフティーネットだ。

異世界の治安や、人の倫理観がどれだけ成熟しているかわからないが、俺が住んでいた日本よりいいという保証はない。内臓云々という話も決して嘘ではないだろう。そうじゃなかったら、こんな掃きだめに、人間が何人も住んではいない。

「な、なら……。元の世界に帰してください」

「ない！　そんな方法はないよ」

「勝手に召喚しておいて、それはないだろう」

「文句を言う相手を間違っちゃいないかい？　そもそもあんた、元の世界に帰りたいって本当に思っているのかい？」

改めて問われて、俺は答えられなかった。

家に帰ったところで、またニートに逆戻り。いや、その生活が保障されているかもあやしい。

今頃、俺がいなくなったことによって家族は心配するよりも、ホッとしていることだろう。

頼るべき友人も、親戚も、同僚もいない。まともな職にだって就けるとは思えない。

そういう意味では、俺が元いた世界も、今いる世界も状況として大して変わりないのかもしれない。

そして、どっちに逆転の目があるかといえば考えるまでもなかった……。

◆◇◆◇◆

冒険者になる手続きはあっさり済んでしまった。

何か試験があるわけでもない。『勇者の墓場』の管理人《婆さん》からもらった紹介状を渡し、自分の名前を書いただけで、簡単にライセンスが発給され、初のライセンス支給ということで特典として回復薬をもらった。ただしライセンス発行料として銀貨一枚取られてしまったが……。

これで俺が持っている全財産は、銀貨二枚に、着ていた服と交換した革の胸当てと錆びた剣だけ。

装備からは血の臭いがする。おそらく亡くなったハズレ勇者が着ていたものだろう。

着ている今このときですら、薄ら寒く感じる。まるで呪いの装備だ。でも贅沢など言ってられない。

なんとしても、俺は生き延びてやる。

この異世界《ジオラント》で……。

冒険者としての初陣は、ゴブリン退治に決まった。

帝都北の森に棲みついたゴブリンを掃討するという、初心者向きのクエストだ。

報酬は安いが、達成すればしばらく『勇者の墓場』から出ていかなくてすむ。

管理人の話では、冒険者はハイリスクな分、リターンも大きいらしい。異世界で一発逆転を狙いたい俺としては、打ってつけというわけだ。

帝都を出て数時間後、もらった地図を頼りに件《くだん》の森にたどり着いた。

森の中は黒い霧のようなものに覆われている。瘴気《しょうき》というそうだ。

説明してもらったギルドの受付嬢曰く、この世界の空気の中には『魔素《マナ》』が含まれている。この世界の人間は魔素を吸うことによって、俺が魔法と呼んでいた『スキル』というものが使えるようになるらしい。ちなみにその上位スキルが、異世界から召喚された勇者だけが使える『ギフト』なのだそうだ。

しかし、魔素の恩恵を受けるのは何も人間だけじゃない。魔素は動物、植物、果ては土地の神にすら影響を与えるという。特に濃い魔素の溜まりのことを瘴気といい、その力はときに空間そのものを歪ませて、迷宮を作り出す。それを「ダンジョン」とこの世界ではいうそうだ。

時間が経てば自然に消えるらしいが、ダンジョンは魔物を生み出す。

冒険者たちは日々、そうした魔物たちを討伐し、その報酬やドロップする魔獣の素材などを売って、日銭を稼いでいるのだという。

「いた」

獣道すらない森の中を進むことおよそ一時間。ついに俺はゴブリンを見つけた。

小男で頭が異様にでかく、耳も長い。瘴気でよく見えないが、ギルドで聞いた特徴と一致する。

ゴブリンは耳が利くと聞いたが、向こうはまだ俺に気づいていないらしい。おそらく近くに沢があるおかげで、俺の足音が聞き取りづらくなっているのだろう。

相手は一匹。周囲を窺《うかが》ったが、仲間の姿はない。チャンスだ。

茂みに潜《ひそ》みながら、ゆっくりとゴブリンの背後に回る。すると手が見えた。木で作った粗末な棍棒を握っている。……あれに当たったらどうなる？　骨ぐらい折れるだろうか。

大きく深呼吸し、ざらついた柄を強く握りしめた。

（いくぞ！）

俺はゆっくりと茂みから出ると、剣を大きく上段に構えた。

パキッ！

枯れ木を踏んでしまった。

ゴブリンは振り返る。そのまま振り下ろせばいいものの、俺は一瞬たじろいでしまった。

前に出した足を後ろに引く。すると、枯れ草に足を取られ、転倒した。

「しまった！」

いつか感じた死の恐怖が蘇り、一瞬で俺の身体は支配される。

『自分のことは自分の力で解決しろ』

ふとミツムネの顔が浮かんだとき、カッと頭が沸騰した。闘志が蘇り、それまで動かなかった身体が嘘みたいに動き始める。今一度、持っていた剣を握りしめ、がむしゃらに突き出す。すると、思いの外強い感触があった。

恐る恐る顔を上げる。ゴブリンの胸に俺の剣が刺さっていた。

『ぎぃいいいいいいいいいいいいいいい!!』

ゴブリンはそのまま手から棍棒を取り落とす。俺が剣を抜くと、そのまま横に倒れた。

ピクリともしないと思ったら、肉体は消滅し、小さな石だけになる。

拾い上げてみると、黒光りした宝石だった。

「ギルドで説明を聞いた魔結晶だな」

ギルドに持ち込むとお金になるらしい。当然、拾って回収しておく。

小さなポシェットの中に入れると、俺は尻餅をついた。ホッとしたら身体の力が抜けたのだ。

手を見ると震えている。ゴブリンを刺したあの感触が残っていた。

(やった! 俺、クエストをクリアしたんだ)

喜びに打ち震える。今日の戦いはもはや博打みたいなものだ。運の勝利と言っていい。

だけど俺は人生の博打に打ち勝った。やれる。……異世界でやり直せる。

ドゥン……。

突如、森に重たい音が響く。胃の底まで震える音に、初勝利の喜びは霧散した。

再び剣を構え、足音の方向を探るが、木に反響して判別がつかない。

そのとき、木々が倒れる音がした。その隙間《すきま》から大きな足が見える。

恐る恐る顔を上げると、一つ目の化《ば》け物《もの》が俺を睨《にら》んでいた。

「あれは……。もしかしてトロルか」

ギルドではこう説明された。ダンジョン化した地形には必ず、ボスキャラがいると。

この森で確認されているボスは、トロル。一つ目の巨人で発見したらすぐ逃げろと言われた。

俺は素直に背を向けて逃げ出す。あんな化け物に勝てるわけがない。

だが、絶望は続く。別方向からも同じ音がしたのだ。

同じ種類のトロルだった。

「夢でも見てるのか。二匹どころか、五匹もいるじゃないか」

五匹のトロルが俺を包囲するように近づいてくる。俺と目が合うなり走り始めた。

「どうしてトロルが……」

一つ心当たりがあるとすれば、ゴブリンの断末魔だ。

俺が中途半端に攻撃したばっかりに、仲間を呼ぶ余力を与えてしまったのかもしれない。

そして俺は向かってきたトロルに為す術なく撥ねられた。

◆◇◆◇◆　　そして冒頭に至る……　　◆◇◆◇◆

トロルに跳ねられながら、俺はそれまでの経緯を思い出す。

つまり走馬灯というヤツだろう。なに一ついいことのない、短い異世界生活だった。

結局、俺は勇者になれず、ハズレ勇者が関の山らしい。

別にヒーロー願望があったわけじゃない。ただ今の自分から変わることができれば、何者でも良かったのだ。ついに俺は死ぬ。もうそれでいいのかもしれない。

身体がバラバラになりそうな痛みが襲う。

衝撃が頭を貫通し、頭蓋の中で脳がシャッフルされる。

死を覚悟した瞬間、空間が広がったような妙な意識が生まれた。

トロルに囲まれ、黒い瘴気が立ちこめる背景が一変し、どこかの建物の前に俺は立っていた。

(城……)

崩れた居城……。その中で激しく鍔《つば》迫り合いをしていたのは、二人の強者《つわもの》だ。

目で追えないスピードで動き回り、互いの攻撃をブロックした瞬間、暴風が吹き荒れる。

一人は人間。もう一人は背中に禍々《まがまが》しい翼を伸ばし、頭から角を生やした異形の悪魔だった。

二人の戦いは、もはや神と悪魔のそれを思わせる。

俺はただただその戦いを、目に焼き付けながらも、一つのことを理解していた。

「あの人間……。あれは俺だ」

直後、目の前が真っ白になる。

浮かんできたのは、文字だ。

『前世の記憶を思い出したことを確認しました』

『『おもいだす』レベル1になりました。スキルツリーが解除されます』
『［魔法効果］［知識］［魔法］を獲得しました』
『［魔法効果］レベル1になりました。魔法の効果が3％上昇します』
『［知識］レベル1になりました。〈賢者の記憶〉を獲得しました』
『［魔法］レベル1になりました。〈魔法の刃〉を獲得しました』
『〈賢者の記憶〉の実績が解除されました』
『クラス【大賢者】を獲得。【大賢者】の固有スキルの獲得に成功しました』
『固有スキル【隕石落とし《メテオラ》】を獲得しました』
『固有スキル【緊急離脱《エマージエンシー》】を獲得しました』
『呼吸、脈拍の乱れから危機状態にあると判断。また周囲に敵性反応を確認しました』
『固有スキル【隕石落とし《メテオラ》】の発動条件を満たしています』
『発動しますか？　Y／N』

俺は迷わなかった。もはやその時間も、状況を理解している暇などなかったからだ。
そうして俺は選択した。

「YES！」
『広域殲滅《せんめつ》魔法【隕石落とし《メテオラ》】の発動が承認されました。カウントを開始します。3、2、1』

ゼロ発動……。


赤い剣閃のようなものが、空を大きく横切っていった。

続いて聞こえてきたのは轟音《ごうおん》だ。それを聞いて、寒々しい風を感じた魔獣たちが空を見上げる。

天が光っていた。それは星の瞬きのように見えたが、輝きが違う。

どれも赤く光り輝き、星というよりは花火の明るさに近い。

しかし、徐々にその光の大きさは度を超えていった。

トロルたちが騒ぎ出す。本能的に危機を察したのかもしれない。持っていた棍棒を放り投げ、再び森の奥へと逃げていく。

もう遅い。

広域殲滅魔法は完全に起動した。

あとは十キロ範囲にあるもの全てを根絶やしにするだけだ。

ドッ
ドッ
ドッ
ドッ
ドッ

ドッ
ドッ
ドッドッ！！！！

巨大な隕石がまさしく雨あられと大地に降り注ぐ。
トロルは口を開けて吠えたが、轟音と隕石の衝撃の中に消えていった。

第一部 第二話 EPISODE.2

「はっ！」

瞼《まぶた》を開いたとき、既に周りは真っ暗だった。空を見ると、星が瞬いている。すっかり夜になっていた。どうやら随分長い間、気を失っていたらしい。

気になるのは、夜空の星と一緒に浮かんでいた仮想窓《ウインドウ》だろう。

ゲームでよく見るウィンドウのようなものが、俺の視界の真ん中に広がっていた。

そこには『固有スキル【緊急離脱《エマージエンシー》】を使用しますか？　Y／N』という文言《もんごん》とともに、車の警告音のような音が小さく鳴っている。俺は一旦それを無視して、起き上がろうとしたのだが。

「イテテッ！」

全身が痛い。トロルから受けた傷が完全に癒えていないのだ。

その身体をよじらせながら、俺は周囲を窺う。目にしたのは、トロルだった。虚《うつ》ろな瞳を俺に向けていたが、その土手っ腹には大きな穴が開いていた。散々俺に恐怖を与えた魔獣は身じろぎすらしない。死んでいるのだ。それだけでも十分驚くべきことだが、もっと驚くべき光景が目の前に広がっていた。

「なんだ、これ？」

穴だ。見える限りの大地に、無数のクレーターができている。

それも俺を避けるようにだ。

トロルは全滅。ダンジョン化した森すら消滅し、荒涼《こうりょう》とした大地に変わっていた。

野生動物の鳴き声も聞こえない。静かだった。少なくとも半径十キロ圏内で生きているのは、たぶん俺くらいなものだろう。

これが【隕石落とし《メテオラ》】の威力だ。ジオラントのはるか上空に浮遊する無数の隕石にアクセスし、大地に降り注がせる魔法。その威力は——もう語る必要もないだろう。

半分無意識の中で使ったが、俺は覚えている。

いや、思い出している。

たとえば、今俺の視界に広がっている仮想窓《ウインドウ》は『幻窓《げんそう》』と呼ばれているものだ。

ジオラントでは、個人の能力はこのように可視化することができ、魔法やスキルを使うには、頭の中でこの『幻窓』を開いて、起動させる必要がある。こうやって俺の目の前に浮かんでいるが、他人には見えない。ゲームみたいなシステムなのだ。

たとえば【緊急離脱《エマージエンシー》】という固有スキルは、書いて字のごとくである。俺が「YES」と選択した時点で、ある程度まで傷は回復し、近くの街に飛ばされる。半死半生の状態になると、自動的に『幻窓』が浮かぶシステムになっていて、意識がない場合だと強制的に発動するようになっている。

ちなみになぜ英語かというと、『幻窓』で使われる言語は使用者がもっとも理解しやすいものが用いられる。本来、日本語なのだろうが、転移する前、俺はよくゲームをやっていた。『Y／N』はゲームではお馴染みのアイコンだから、選ばれたのだろう。

「危ない、危ない。いきなり街に半死半生の俺が飛んできたら、騒ぎになるところだった。昔はそのおかげで聖人だと勘違いされて、儀式やら祈祷《きとう》やら忙しい役職を押し付けられたっけ」

俺は一旦『固有スキル【緊急離脱《エマージエンシー》】を使用しますか？　Y／N』という『幻窓』を閉じる。

固有スキルは条件さえ揃えば、いつでも使うことができる。ただし一日一回だけだ。

俺は他の『幻窓』を広げる。自分の今の能力を映した『幻窓』だ。言わばステータス画面である。

【名前】クロノ・ケンゴ
【ギフト】おもいだす　LV　I　　【クラス】大賢者　LV　1
【スキルツリー】LV　1
［魔法効果］LV　1　　［知識］LV　1　　［魔法］LV　1
魔力　　５％上昇　　賢者の記憶　　魔法の刃
魔力量　５％上昇
魔法速度　５％上昇
【固有スキル】【隕石落とし《メテオラ》】
【緊急離脱《エマージエンシー》】

「やはり、俺は元【大賢者】だったらしいな」

妙な感覚だが、俺には今二つの記憶がある。

黒野賢吾として生きてきた現代の経験と知識。さらに遠い昔、ジオラントで活躍していた【大賢者】としての前世の記憶と知識である。

どうやら俺のギフト『おもいだす』は、前世の記憶と知識を思い起こすギフトのようだ。

以前ジオラントにいたときの名前はクロノ・ディルケルツ。

侵攻してきた魔族の大群を仲間たちと一緒に食い止め、魔王を後一歩まで追い詰めた男である。

ただ魔王との戦いの後の記憶がない。その魔王も討ち取ったかどうかも定かではなかった。おそらく俺は死んだと思われるが、今のジオラントからは魔族も、魔王の気配も消えている。

そもそもティフディリア帝国なんて名前の国は、俺の前世にはなかった。

国の変遷などよくあることだから、これは置いとくとして、勇者召喚なんて魔法も、『ギフト』なんて上位スキルも俺がいた当時はなかった。【大賢者】だった頃の記憶と知識を思い出したのは良いことだが、わからないことばかりだ。

誰かに俺がいない間のジオラントのことを聞ければいいが、仲間はとっくの昔に死んでいるだろう。星の位置が、覚えているものと随分異なる。ざっと計算してみたが、千年は経過していた。長寿のエルフでも、さすがに千年は生きていまい。

「一番知っていそうなのは、ティフディリア帝国の皇帝や大臣たちだな」

俺を散々虚仮《こけ》にし、馬鹿にした挙げ句、帝宮から追放した愚か者たちだ。

俺が【大賢者】となったからには、彼らにも少々痛い目にあってもらおう。

いや、少々どころの話じゃない。こっちは死ぬ思いだったのだ。

あいつらも同じ目にあわせてやる……。

「な〜んてな」

そんなことするかよ、面倒くさい。

皇帝や大臣には腹を立てていることは事実だが、これ以上関わり合いたくないというのが本音だ。

クラスが【大賢者】と聞けば、あいつらは手の平を返して、俺に胡麻《ごま》を擂《す》ってくるに違いない。そんなヤツらのために働くなんてこっちから願い下げだ。

「俺は俺のために働く」

千年前、俺は魔族から人類を守るために戦った。

その魔族がすっかりいなくなっているのだ。なら好き勝手生きても何も問題ないだろう。

こんな荒野のど真ん中で粋がっても仕方がない。隕石が落ちてきた音は帝都まで轟《とどろ》いたはず。朝になれば帝都から調査団が派遣されてやってくるだろうから、その前に離脱するのが賢明だ。【緊急離脱《エマージエンシー》】を使えば、一瞬で街に帰ることができるが、これは奥の手としてとっておきたい。大丈夫。打開策は考えてある。まずやることは、三つのスキルツリーのレベルを上げることだ。

俺はこれ見よがしに倒れているトロルに這いつくばりながら近づいていく。

大穴の開いたトロルの太鼓腹の中を覗き込んだ。

「やっぱりあった」

手を伸ばし、掴んだものを強引にトロルの肉から引き離す。するとトロルの身体が消えた。

入手したのは、例のゴブリンからも入手した魔結晶だ。

俺は魔結晶を握って、力を加える。すると、氷砂糖のように簡単に砕けてしまった。

『スキルポイントを獲得しました。スキルレベルを最大九つまで上げることができます』

スキルポイントは言わば、ゲームでいうところの経験値みたいなものだ。

獲得したスキルポイントに応じて、スキルレベルを上げることができる。

賢者には［魔法効果］［知識］［魔法］の大スキルがある。大スキルのレベルを上げていくと、魔力を上げたり、魔法や知識といった小スキルを獲得できる。最終的にはこの三つの大スキル全てをレベルMAXにするのが目標となるが、今はレベル10までしか上げることができない。それ以上レベルアップするにはクラスレベルを上げる固有の魔導書が必要になる。

またスキルポイントは魔結晶を砕くことで獲得できる。ギルドで金になると説明されたのも、魔結晶自体が貴重な経験値の塊みたいなものだからだ。

視界がぼやけてきた。負傷によって俺の体力も限界に近い。

まだトロルの死体が転がっているが、その魔結晶を得る前に力尽きる可能性がある。

ともかく、この九つだけで現状を打開するしかなさそうだ。

「さて、どうするか？」

回復させるなら、［魔法］のレベルを上げるに限る。

レベル9にすれば、〈小回復〉というスキルを使うことが可能だ。

ただ一つ問題がある。今の俺は魔力がすっからかんだ。【隕石落とし《メテオラ》】はとても便利な固有スキルだが、大量の魔力を奪って発動する。身体が思い通りに動かないのは、負傷の影響と魔力が空になっているからである。

仮に魔力があったとして、〈小回復〉だけでは完全回復は難しい。

〈小回復〉の回復範囲は浅い切り傷や、打ち身、小さな骨折くらいだからだ。

「なら、選択肢は一つしかないよな」

俺は［知識］をレベル9にする。全部［知識］に振ったのだ。

『スキル［知識］のレベルが9に上がりました』

『〈劣魔物の知識〉を獲得しました』

『〈薬の知識〉を獲得しました』

俺はホッと胸を撫で下ろす。

千年前と少し違うから、もしかしてレベルに応じて覚える［知識］も変わっているのではないかと思ったのだが、どうやら杞憂だったらしい。

俺は腰に下げていた小さな袋の中から小瓶を取り出す。

ギルドで冒険者ライセンスを発給された際にもらった回復薬である。

これも性能としては［小回復］と一緒だ。今の怪我を十分に回復させる効果はない。

だからこの回復薬の効き目をさらに強くする。袋から取り出したのは、数枚の草の葉だ。

薬草の葉。ジオラントではポピュラーな薬草で、さっき俺が倒れていた脇にも生えていた。

それを回復薬の中に突っ込み、軽く振る。

『〈薬の知識〉によって、「回復薬」は「中級回復薬」になりました』

「よし。狙い通りだ」

俺は一気に中級回復薬を飲み干す。痛みが和らぎ、パックリ開いていた腹の傷が塞がっていく。

まだ完全回復とはいかないが、歩いて帝都に帰るぐらいはできそうだ。

〈薬の知識〉は薬の合成効果を一段階引き上げてくれる。

普通の回復薬に薬草を混ぜても、回復薬の効果が少し上がるぐらいなのだが、〔薬の知識〕ならばその効果を一つ引き上げ、上位互換である中級回復薬を作ることができる。

ただ先ほども言ったが、完全回復とは言いがたい。ひとまず帝都に帰る必要があるだろう。

帝都のあちこちには再生の泉というものがあって、その水を浴びれば傷を回復させることができる。

ほぼ無一文の俺でも、医者にかかることなく怪我を治せるというわけだ。

正直忌《い》ま忌《い》しい記憶しかないが、今のところ帝都以外に帰る場所がない。

「きゃああああああああああ!!」

そのとき、絹を裂くような悲鳴が聞こえた。

悲鳴を聞き、俺がまず取った行動は隠れるだった。

【隕石落とし《メテオラ》】で開けた大きな穴に飛び込み、様子を窺う。

そっと顔を出すと、クレーターだらけの荒野を走る一台の馬車が見えた。

普通の馬車ではない。頑丈そうな客車を引いているのは、リザルドンという蜥蜴《とかげ》の魔獣だ。

気性が荒く、御するには特定のスキルが必要だが、足はそこそこ速く、悪路でもスイスイ走る。何より魔獣から身を守る手段にもなることから、千年前も交通手段の一つとして使役されていた。

帝都の調査団だろうか。それにしては対応が速すぎる。

その馬車を追う者がいた。ヒーピーという歩行能力に特化した鳥型の魔獣だ。

駝鳥《だちょう》を一回り大きくして、頭に鶏冠《とさか》を付けた魔獣は、リザルドンより速く走れるものの、小回りが利かない。半面、性格は従順で、飼い慣らすことができれば、スキルがなくても乗りこなせる。他の魔物と比べれば捕獲が楽なため、庶民の間で親しまれている魔物である。

リザルドンが引く客車と、ヒーピーの差が縮まっていく。

ヒーピーに乗っているのは、黒ローブを頭からすっぽり被った男だ。その男が不意に手を掲げた。

〈焔玉《ファイヤボール》〉！

赤い焔《ほのお》の塊が、追いかけている客車をかすめ、俺の近くで爆《は》ぜる。

危なく当たるところだった。

「危ねぇなあ」

厄介ごとに巻き込んでほしくないが、問題はリザルドンの御者台に乗っているドレス姿の少女だ。

後ろから牙を剥く猛火に為す術がない。手綱《たづな》こそ握っているが、完全に制御を失っていた。

黒き暗殺者に狙われるドレス姿の少女。いかにもというシチュエーションだ。

「お返しだ!!」

〈魔法の刃〉!

光の刃が俺の手から飛び出す。

瞬間、光刃は少女のこめかみを横切り、後ろの客車の窓を突き破って、ヒーピーに乗った男の顎《あご》を撃ち抜く。意識を失った男は、ヒーピーから投げ出されると、受け身も取れず、地面に激突した。

災難はまだ終わっていない。

「よけて! よけてくださ〜〜〜〜い!!」

少女の叫び声が響く。すぐ目の前に客車を引いたリザルドンが迫っていた。

リザルドンの大口が見える。回避は不可能だ。大賢者になったところで、俺の身体能力が上がったわけじゃない。多少ましになったという程度だ。当たれば間違いなく致命傷。良くて重傷だろう。

生死の境の中で、俺は落ち着いて対処する。

「ボボッ!!」

突如、リザルドンがつんのめる。四つ足を全力で地面に擦り付け、ブレーキをかけた。

慣性の法則はジオラントでも健在だ。リザルドンが止まったものの、後ろの客車が勢いそのままに突っ込んでくる。リザルドンのお尻に当たって止まったが、御者台に座っていた少女はそうもいかない。この世界にシートベルトなんて安全装置はなく、少女は投石機で打ち出されたみたいに御者台から飛び上がった。

あれよあれよ、と宙を舞った後、見事俺の両腕の中に収まる。

こうしてみると、ドレスも相まってお姫様みたいな少女だ。まさに今の状況こそが本物のお姫様だっことというやつだろう。

「あ、ありがとうございます――――ひぃ！」

少女が悲鳴を上げたのは、俺の顔がオークやゴブリンに見えたからではない。

さっきまで暴走していたリザルドンが口を開けて、俺に迫っていたからだ。

「大丈夫だ。怖がらなくていい」

「ふぇ？」

「ボボッ‼」

先ほどの意味のない叫びを上げると、リザルドンは地面に伏せた。

俺の言葉に反応して懐いてくる魔獣を見て、少女の目が丸くなる。

「ボボンガ！」

と言うと、リザルドンは右前肢《おて》を上げる。

「ボボング！」

と言うと、今度は左前肢《おかわり》を上げる。

最後は「ボンボ――」と言いかけて、口を噤《つぐ》む。

さすがにこれはやめておこう。レディの前だしな。俺にもメリットないし。

『〈劣魔物の知識〉によって、リザルドンとのコミュニケーションが成立しました』

今、こうしてリザルドンを手懐けることができているのは、【大賢者】の［知識］の一つ――〈劣魔物の知識〉のおかげだ。このスキルは低ランクの魔物の知識や言語を習得することができる。うまくいけば、このように手懐けることも可能だ。

このリザルドンが元々人懐っこくて、客車を引くように調教されている魔獣で助かった。ダンジョンに棲息している野生のリザルドンなら、こうもあっさり懐くことはなかっただろう。

リザルドンを飼い慣れた犬のように扱う俺を見て、少女は目を輝かせた。

「気性の激しいリザルドンをいとも簡単に……。もしかして【魔獣使い】のクラスの方ですか？」

「いや、俺は――――」

【大賢者】だ、と言いかけて、慌てて口を閉じた。

ジオラントにおいて、クラスを明かすことは自分の弱点をさらけ出すようなものだ。

魔獣相手ならともかく、対人となると、このクラスを知っている知っていないでは、かなりのアドバンテージの差になる。クラスによって相性というものがあるからだ。

千年前の前世で活躍していたときですら、俺は信頼のおける仲間にしか自分のクラスを伝えていなかった。

そんな俺の心境を悟ったのか、彼女は慌てて謝罪する。

「すみません。見ず知らずの人に……」

「いや、別にいいんだ。それより怪我はないか？」

「あ。はい。ありがとうございます」

「そうか。なら、申し訳ないが。俺はこれで倒れるとするよ」

「はい。わかりました。――――って、え？　倒れる？」

俺はそのまま少女を横抱きしたまま倒れる。

ちょうど少女に覆い被さるようになってしまったが、もう俺は指一本動かせない。

傷は回復できても、体力はどうしようもない。限界を迎えた俺の身体はついに悲鳴を上げたのだ。

耳元で少女の悲鳴が聞こえる。

清らかな少女の声は、『勇者の墓場』の婆さんのより、遥かに心地良かった。

第一部 第三話 EPISODE.3

次に気が付いたときには、俺は見知らぬ天井を眺めていた。

元いた世界の自宅の天井でも、『勇者の墓場』のような今にも落ちてきそうな天井でもない。

藁ではなく、心地良く押し上げてくれるマットレスの上に寝ていて、かかっている布団からはいい香りがした。シーツはピシッとしていて、一流の仕事の跡が窺える。

ベッドから下りて、手近にあったカーテンを引くと、眩《まばゆ》い日光が差し込んだ。

洋館の客間か。華美な装飾もなく、逆に落ち着いた雰囲気には好感すら持てる。

「ここは……、どこだ？」

呟くと、まるでその声を聞いていたようなタイミングでドアが開く。

入ってきたのは、例の少女だった。あのときとは違って、落ち着いたブルーのドレスを着ているが、その美しさは変わらない。俺と目が合うなり、一瞬驚いた様子だったが、すぐにドレスと同じくらい華やかな笑みを浮かべた。

「お目覚めになられたのですね、クロノ様」

「ん？　ああ……。いや、ちょっと待て。俺はあんたに名前を名乗った覚えが」

「装備の裏に名前と、これは異世界の文字ですね？」

そう言えば、万が一の場合のために、俺の名前と血液型を書いていたんだっけ。

個人情報がダダ漏れだ。そもそも魔法文化が発達したジオラントでは輸血なんて発想すらないだろう。おかげで俺が異世界の人間であることが早々にバレてしまった。

マヌケすぎるだろ、思い出す前の俺。

「さて、なんのことかさっぱりだな。中古で買った防具だ。その前の持ち主のものとか？」

「さっきクロノ様と言ったら、反応されたではありませんか」

うっ……。マヌケは今の俺も同じだったらしい。

「えっと、あのな……。ああ、その…………」

「ラーラですわ」

「……ラーラ、さん？」

「ラーラでいいですわ」

「なら、俺もクロノでいい。あの……。できれば、俺が異世界の……その勇者であることは口外しないでもらえると助かる」

「あら？　それはどうしてですか？」

「あまり目立ちたくないんだ」

「世界を救う勇者様と喧伝すれば、たちまち英雄になれますでしょうに」

「俺はハズレ勇者なんだよ」

「ハズレ勇者？　昨日のお手並みは見事でしたよ」

「たまたま、手持ちのスキルで解決できる事案だったからな」

「ふ～ん」

ラーラは上目遣いで俺を見つめる。美少女の上目遣いはそれだけで破壊力満点なんだが、生憎《あいにく》と彼女が俺に向ける視線には、疑惑の感情も含まれていた。これは俺の勘というより、賢者としての勘だが、ラーラはかなり鋭い。こうしている間にも、俺ですら把握できていない失態に気づいているような気さえした。

逆にいえば、それだけ知性が高いということだろう。さらに客人にポンとこんな豪奢な客室を貸せる人間など、広いジオラントといえど多くはいないはず。貴族、いや王族という可能性すら存在する。

「ところで、ラーラはなんで追われていたんだ？」

「黙秘します」

「俺は俺のことを喋ったのに？」

ちょっと恨みがましく言うと、ラーラはコロコロと笑った。

「申し訳ありません。これを話すと、あなたを厄介ごとに巻き込むことになりますので」

「厄介ごと？」

「好きですか、厄介ごと？」

「生憎と俺は、自分が生きるのに精一杯でね」

「ご謙遜を」

会話では、賢者の知識を以《もっ》てしても、彼女に勝てそうにないな。

こっちのペースに引き込もうと話題を変えても、いつの間にか俺のことを喋らされている。

もしかして、そういうクラスを持っているのかもしれない。

クラス【商人】のスキル〈交渉術〉か。星の導き四つ以上となれば【交渉人】という可能性もある。

レベルが高いと、賢者の知識も形無しだ。

俺はその後、簡単な食事をご馳走になった。そのときに気付いたのだが、ジオラントに来てからまともに食事をとっていない。現代と比べれば、パンは硬く、スープも薄いが、やはり空腹は最大の調味料だ。結局スープを五杯もお代わりしてしまった。

ちなみにこの屋敷はラーラの家ではなく、帝都にあるラーラの親族の別荘らしい。

貴族が本領の屋敷とは別に、帝都に別荘を持つことはよくあることなのだそうだ。

会話はその後も続いたけど、結局ラーラが高位の貴族令嬢であることがわかっただけだった。


慌てて出ていく必要もなかったが、俺は早々にお暇《いとま》することにした。

ラーラとのお喋りは刺激的で楽しかったが、長居すれば襤褸《ぼろ》が出てしまうかもしれない。

致命的な言葉を口走る前に出ていくことに決めた。

「もう行かれるのですか？　助けてくださったお礼がまだ十分に返せていませんのに」

「帝都まで俺を送ってくれたし。久しぶりに腰の痛くならないベッドでぐっすり眠れた。何よりお腹いっぱいだ。もう十分だよ」

「欲がないのですね。お金に困ってなどないのですか？」

「困っていないわけじゃないが、工面のやり方はもうわかっている」

「そうですか……。あの、クロノ？」

「なんだ？」

ラーラの唇が数度動いたが、肝心の声がかすれて聞こえなかった。

何か言いかけたことは間違いないのだが、最後は強引に完璧な笑顔の中にしまい込んでしまう。

「いいえ。何もありません。……また会いましょう、クロノ」

「あ、ああ……。またな、ラーラ」

俺は決して振り返らなかった。

ラーラの顔を見たら、また屋敷に戻ってしまいそうな気がしたからだ。

◆◇◆◇◆

屋敷を後にした俺は、その足でギルドに向かった。

ラーラにも言ったが、金を工面するためだ。

俺は二日ほどラーラの屋敷で寝ていた。今『勇者の墓場』に帰れば、守銭奴ババァから二日分の宿泊代をむしり取られるだろう。『お前の分のベッドをずっと空けて待っていたんだ。貴重なベッドをね！』とかなんとか言われてな。

とにもかくにも、俺はあそこから抜け出す必要がある。

でも、今のレベルやスキルでは話にならない。好き勝手生きると決めたが、ある程度の武力はジオラントでは必須だ。一緒に召喚された異世界人と同等か、それ以上か。ともかくレベルを上げていくことにこしたことはない。

そのために俺は冒険者稼業を続けることにした。

稼いで強くなって、三〇歳ぐらいで引退して、ゆっくり余生を過ごす。

それが俺の理想だ。


ギルドに到着する。

相変わらず、酒と冒険者の汗の臭いが空気に入り混じっていた。ギルドには酒場が併設されていて、昼間からでも飲んだくれている冒険者がいる。おそらく夜にしか出現しないダンジョンを漁って、朝、戻ってきたパーティーだろう。

そんな奴らを横目に見ながら、俺はクエストを受けるべく受付に向かった。

「ある魔物が出るクエストを探しているんだが」

今の俺が倒せる魔獣や魔物は少ない。

魔獣や魔物には、S、A、B、C、D、E、Fという七段階の危険度ランクが存在する。

災害レベルの〝S〟を筆頭に、A、B、C……と危険度が低くなっていき、Fランクがゴブリンやスライムといったお馴染みの雑魚モンスターになる。

勘違いしてはいけないのは、ランクは危険度であって、強さの度合いを示すものではないことだ。

さらに魔物にもレベルがあり、たとえFランクでもレベルが高ければ、ベテランの冒険者でも苦戦することがある。ランクはあくまで参考なのだ。

今、俺が安全に対処できるのは、Eランク以下といったところだろう。

装備がもう少し充実すれば、Cランク下位レベルなら倒せるだろうが、いかんせん今は満足な武器も防具もない。薬を買うお金もないから、〈薬の知識〉を使って、毒を作ることも不可能だ。

そんな俺でも、いとも簡単に倒せて、おまけにレベルがゴリゴリ上がる魔物がいる。

問題はその魔物がこの辺にいるかどうかだ。

「どうしてですか⁉」

隣の受付が随分と騒がしいと思ったら、ショートカットの女冒険者が受付嬢に噛《か》み付いていた。

装備からしてクラスは【モンク】か。打撃主体のクラスで突進力が売りだが、スキル〈チャクラ〉での回復や、スキル〈瞑想〉での防御バフなどもあって、耐久型のスキルも充実している。

バランス良く鍛えることができれば、優秀な『盾役《タンク》』として活躍できるクラスだ。

その女冒険者は鍛えた拳を何度も机に叩きつけていた。

「仲間がダンジョンに取り残されているんです！　すぐに救出を！」

「ですから、それがすぐにはできないと言っているんです、マイナさん」

「仲間が死んでもいいっていうんですか？　それってギルドの責任問題ですよね。なら、裁判でもしますか。出るところで決着させましょう！」

裁判……って。現代世界じゃあるまいし。さてはあの冒険者、もしかして俺と同じ召喚された勇者か。それも髪の色と名前の感じから察するに、日本人だろう。

ジオラントでは基本的に自己責任という考えが強い。ギルドはあくまでクエストを推奨しているのであって、責任を持つのは選択した本人である。裁判になったところで、勝ち目は薄いだろう。むしろ取り合ってくれているだけ、まだマシとも言える。

実際、マイナという女モンクは数人の冒険者から鼻で笑われていた。

「何言ってんだ、あのねーちゃん」

「裁判起こせる稼ぎがあるなら、冒険者なんてやってないよな」

「まったくだ……。げはははは！」

指差し、大きく口を開けて、冒険者たちは笑う。ギルドの職員も一緒になって笑っていた。

女モンクには酷だが、ジオラントではこれが当たり前なのだ。

「人の命がかかってるんですよ！　なんであなたたちは笑うことができるんですか？」

「そりゃお前らがマヌケだからに決まってるだろ」

「お前、異世界人だろ？　大方、帝宮から追放されて冒険者をやってるんだろうが、どだいお前らには無理なんだよ。冒険者なんて」

「わ、私たちだって、好きで冒険者なんか。……好きでこの世界に来たんじゃない、グス……」

マイナはペタリと座り込む。ついには泣いてしまった。

それでも冒険者たちは笑っている。手を差し伸べる者もいない。

ついに悪ふざけを始めた冒険者たちは、マイナに向かって「うるせぇ」と怒鳴りつけると、装備を剥いで、人買いに売ってしまおうという提案まで飛び出した。いよいよマイナの手首を掴む。いくらモンクの力でも、屈強な冒険者の前では無力だ。

助けて、という言葉も下品な笑いの渦の中に虚《むな》しく消えていく。

「ほう……。死霊系の魔物の討伐か？」

「ふぇ？」

俺はマイナが受注したクエストの手配書を眺める。

それを拾い上げると、今にも連れ出されそうになっているマイナの前で広げた。

「あんたの仲間を助けてやるよ」

「え？　ホントですか？」

「ああ。ただし、このクエストの受注を俺にくれ」

ニヤリと笑うのだった。


マイナが受けようとしていたクエストは、俺が受けることになった。

早速、クエスト受注の手続きをしてもらう。書類を整理している間、俺はマイナから事情を聞いた。

「私たちが受けたのは『死霊の森』と呼ばれるダンジョンのクエストです。そこの森の魔物は物理攻撃が効きません。私も仲間もモンクなので」

「はっ？　仲間もモンクなのか？　よくそんなんで『死霊の森』を受注したな」

「死霊がそういう相手とは知らなかったので。報酬も多いし。……それにもうクエスト限定ですけど、一人【魔法使い】の仲間がいたので、ならと……」

「おそらく死体漁りだな」

「死体漁り？」

「新人冒険者をわざと難易度の高いクエストに連れ出して殺し、装備を漁る犯罪者だよ」

ダンジョンでの殺人は立証が難しくて、不起訴になることが多い。ベテランが新人冒険者をダンジョンに連れ込み、パワーレベリングするなんてことはよくあることだしな。

マイナと話しているうちに、クエストの受注の手続きが終わった。

これで、クエスト時に発生した魔結晶やダンジョン内で見つけたアイテムなどは、全て俺の報酬になる。そこに加えて、俺は二つの条件を加えた。

「一つは俺一人で行くこと」

「え？　私も手伝いますよ」

「あんたが来たところで足手まといだ」

「そ、そんなはっきり言わないでくださいよ！　私、泣きますよ！」

さっきから十分泣いてるじゃないか。

「二つ目は、持ってる装備を俺にくれ」

「え？　鉄甲とか、下着とかもですか？」

「お前、俺がいったい何に見えているんだ？」

「ほ、ほら！　男の人が女の人に要求するのって、その……」

俺をそこら辺のケダモノと一緒にするな。天然か、この女……。

「回復薬があれば、俺にくれってことだ。魔力回復薬ならなおありがたいがな」

「そんなんでいいんですか？」

マイナは道具袋から回復薬を俺に渡す。

もらった三本とも、安めの回復薬だが、俺には十分だろう。

さらにマイナは首にかけていた『護宝石《アミュレット》』を俺に差し出した。

「嘘かまことかわかりませんけど、一度だけ魔法の攻撃を防ぐんだそうです」

「いいのか？　結構高価なものなんだろう」

「仲間が私の誕生日にくれたものです。たぶん、それを見れば仲間も安心すると思います」

「仲間の名前は？」

「ロレンツォ……。ロレンツォです」

こうして俺は帝都の西にある死霊の森へと向かうのだった。

◆◇◆◇◆

夜になるのを待って、死霊の森のダンジョンが構築されるのを待つ。

ダンジョンはこの世界と同じように見えて、別世界の空間だ。その中で迷った者を救出するには、そのダンジョンが出現するのを待たなければならない。ただ幸いなのは、ダンジョンが閉じている間、時間が流れていないということだ。

マイナの仲間——ロレンツォがダンジョン内で孤立して、十四時間ほど経過しているが、実際向こうでは二、三時間くらいしか経過していないはず。なら、まだ生存している可能性は十分ある。

しかし、一人での探索となるとダンジョンはあまりに広大だ。さらに付け加えると、ダンジョンが開いている時間は夜の七時から朝の四時ぐらいまで。半日もない。しかも俺の装備は安価な回復薬三本だけとなると、潜っていられる時間は四時間といったところだろう。

マイナには既に話したが、この回復薬が切れた時点で捜索は打ち切らせてもらうつもりだ。

こっちも命があっての物種だからな。

それに、俺がこのダンジョンに来たのは、人助けのためじゃない。

金を稼いで、さらに強くなるためだ。

「早速、出てきたな」

森の奥へと進むと、人魂のようなものが薄い霧のように現れる。

最初は手で追い払える程度の弱いものだったが、次第に濃くなり、実体化した。

『うるるるるるる』

気色悪い声を上げて現れたのは、死霊系の魔物だった。

【名前】　ソウルマジック　【ランク】　D　【クラス】　なし
【スキルツリーレベル】　5　【スキル】　焔玉《ファイヤーボール》　【弱点】　聖
【無効】　物理攻撃　【耐性】　聖属性以外

〔劣魔物の知識〕が俺に相手の情報を与えてくれる。

マイナも言っていたが、こういう死霊系の魔物は物理攻撃が一切通じない。

魔法系も一部耐性があり、必ずしも有効というわけではない。倒す方法は【弱点】である聖属性の魔法かスキルを叩き込むこと。あるいは聖水を振りかけることぐらいだ。

ただ聖属性魔法やスキルは【神官】や【魔法剣士】のような中位以上のクラスしか扱えない。高価な聖水はコスパが悪い。そもそもソウルマジックは低ランクであるため、報酬は中位クラスからみれば安価。結論として、コストが合わず、死霊系の魔物の退治はどこのギルドでも悩みの種なのだ。

けれど、【神官】の〈浄化〉のスキルや、【魔法剣士】の〈魔法剣〉以外にも、ソウルマジックを一網打尽にできる魔法がある。

無属性魔法だ。

魔法スキルには、ゲームでもお馴染みの『火』『水』『雷』『風』『土』『聖』『闇』などの属性が存在する。それぞれの属性には『火属性は水属性に弱い』といった特定の弱点があって、またソウルマジックのように聖属性魔法しか通じない魔物も存在する。

しかし無属性魔法にはそうした弱点がないため、どんな魔物にも通じる。珍しい属性であるため扱うことができるクラスは限られているが、【大賢者】はレベル1から覚えている。それが〈魔法の刃〉だ。


〈魔法の刃〉!!

青白い光が俺の手から飛ぶ。

真っ直ぐソウルマジックに向かっていくと、死霊をあっさり切り裂いた。

『しゅるるるるるるるるるるうっっっ!』

もの悲しい悲鳴を上げ、ソウルマジックは一撃で消し飛ぶ。

攻撃手段さえ用意できれば、あっさり討伐できてしまう。

俺からすればゴブリンやスライムのほうがよっぽど手強《てごわ》いのだ。

カラリと魔結晶が落ちてくる。トロルほどではないが、ゴブリンを狩るよりはよっぽど効率がいい。

「よし。この調子でどんどんソウルマジックを討伐していこう」

死霊が蔓延《はびこ》る森の中で、俺の口端は自然と吊り上がっていた。

◆◇◆◇◆

入れ食い状態だ。

犬も歩けば棒に当たるというけど、ダンジョンに入ればソウルマジックに当たるといったところだろう。次々と俺の前に出てきては襲いかかってくるが、恐怖は全く感じない。むしろソウルマジック全部がスキルポイントにしか見えなかった。

〈魔法の刃〉！　〈魔法の刃〉！　〈魔法の刃〉！　〈魔法の刃〉！

次々と現れるソウルマジックを、射的の風船みたいに撃ち倒していく。

〈魔法の刃〉はレベル1の魔法だけあって、魔力消費も少ない。

さらにいうと、クラス【大賢者】は魔力、魔力量ともに大幅に補正がかかる。

レベル1の魔法を大盤振舞いしたところで、大した魔力消費にはならない。

しかも、ソウルマジックを一発でやっつけることができて、現状でもっとも高いスキルポイントが付与される。俺はあっという間に、二十四匹ものソウルマジックを仕留めてしまった。

袋の中に入れる暇もないから、足元には魔結晶が絨毯《じゅうたん》みたいに転がっている。

それを一気に踏み潰した。

『スキルポイントを獲得しました。スキルレベルを最大三つまで上げることができます』

トロル一匹と比べると、少ないと思われるだろうが、俺としては満足だ。

スキルツリー――即ち大スキルの［魔法効果］［知識］［魔法］が上がると、ゲームと同じく徐々にレベルが上がりにくくなっていく。高レベルになればなるほど、レベルアップに必要なスキルポイントが上がっていくのだ。

だから、スキルツリーのレベルを上げるのは、慎重に考えなければならない。満遍なくレベルを上げれば、高ランク帯の魔物に対して火力が足りなかったり、逆に偏れば弱点が露呈して、弱い魔獣や魔物でも苦戦を強いられることがある。

　レベルを初期化するレアアイテムはあるにはあるが、滅多なことではお目にかかれない。

　今、自分にとって何が必要で何が足りないかをきちんと見分ける目が必要だ。

　現代という世界を体験した後だから思うのだが、ジオラントを作った神様は、ゲーム好きなのだろうか。異世界転移かと思えば、高度なMMOの世界でしたとか、なかなか笑えない。ただ残念なことに『幻窓』のどこにも、ログアウトボタンはなかった。

「振り分けはこんなところかな」

『スキル［知識］のレベルが10に上がりました』

『〈弟子の知識〉を獲得しました』

『スキル［魔法］のレベルが2に上がりました』

［知識］はひとまずこれでいい。［魔法］のレベルはもう少し上げておきたいかな。

　レベル3で一つ魔法を覚えることができたはず。

　それにしても、一度クラス【大賢者】を経験しているのは、かなりでかい。他の人間たちはクラスツリーでどういうスキルを覚えて、何レベルで何を覚えるかわからずにレベルを上げていくことになる。おそらくその詳細は情報として売られているだろうが、それもまた高額だ。

　ジオラント《ここ》では自分を知るためにも金が必要になる。俺が報酬にこだわるのも、そのためだった。

「ぬっ！」

一瞬立ちくらみがする。魔力が尽き始めているのだろう。

危ない危ない。調子に乗りすぎて、魔力の管理を忘れていた。まだまだ初期レベルだな。コスパ最高の〈魔法の刃〉を二十発程度放っただけで、へばるとは……。

ともかく魔力を回復させるか。

「こういう森の中なら一本や二本は生えていると思うのだが……、お！　あった！」

俺が見つけたのは、魔力茸だ。魔力を吸って生きる珍しい茸で、ダンジョンのあちこちで生えている。ただ名前こそ〝魔力〟茸だが、生で食べたところで魔力は回復しない。

焼くとヘタの部分に魔力のエキスが浮かんできて、それを飲むと魔力が小回復する。

オススメは煮込み料理だな。液状化した魔力を余すことなく摂取することができる。味の感じ方は人それぞれといったところだ。

俺は一本魔力茸を取って、縦に裂く。それを回復薬の瓶に無理矢理詰め込み、シェイクした。

『〈薬の知識〉によって、「回復薬」は「魔力回復薬」になりました』

早速、作ったばかりの魔力回復薬を飲み干し、魔力を回復させる。

軽い頭痛が吹き飛び、意識もぼやけていた視界もクリアになる。うまくいったようだ。

〈薬の知識〉は序盤で手に入るスキルとしては、チートだな。

さすがに霊薬《エリクサー》ほどの上級の薬は作れないが、初期レベルの今ならこれで十分だ。

回復薬はまだ二本ある。一本は万が一のために残しておくとして、あと一本を魔力回復薬に回せば、合計六十匹狩れることになる。あと3か4かスキルレベルを上げることができそうだ。

空瓶を道具袋に入れて、俺は立ち上がった。

「ん？　なんだ、この臭い」

臭！　鼻が曲がりそうだ。だが、似たような臭いを嗅いだことがある。

どこだったかな。千年前か。いや、違う。ならば現代か。

いろいろ考えながら、俺は臭いのもとを辿る。現れたものを見て、俺は目を細めた。

「ほう……」

こいつは使えるかもしれないな。

◆◇◆◇◆

目標としていたレベルも近くなってきたので、本格的にロレンツォの捜索を始めた。

これまで手がかりはない。マイナの話では、さほどダンジョンの奥ではないというが、ロレンツォが逃げ回って移動しているなら、話は別だ。それに同じダンジョン内にいると思われる死体漁りの動向も気になる。

「それにしても、さっきからソウルマジックが出てこないのは、どういうことだ？　これじゃあ新兵器の試し打ちができないじゃないか」

魔力を回復してから、二、三匹狩ったぐらいだ。これでは目標レベルに到達しない。

そんなことをぼやいていると、ソウルマジックと出くわした。

いつも通り〈魔法の刃〉で撃退しようとしたのだが。
「ちょっ！　逃げるな！」
魔物が逃げるのは決して珍しいことじゃないが、今の俺のレベルで逃げるか、普通。
スキルツリー合計のレベルは12。ソウルマジックのレベルは5だ。
ダブルスコアをつけてはいるが、逃げ出すほどではないはず。
俺は追っかけると、突然開けた場所に出た。
「なるほど。そういうことか」
待ち構えていたのは、ソウルマジックの団体様だ。
ザッと五十匹。かなりの数だが雑魚はどれだけ集まっても、雑魚にすぎない。
問題は魔力だ。残り一本の魔力回復薬を飲んでも、五十匹倒せるかどうかだろう。
ともかくソウルマジックに〈魔法の刃〉を放つ。
しかし、あっさりと躱《かわ》されてしまった。タイミング、狙い、申し分なかったはずだ。
『〈劣魔物の知識〉を使用しました』

【名前】ソウルマジック　【ランク】D　【クラス】なし
【スキルツリーレベル】9　【スキル】焔玉《ファイヤーボール》　回避　【弱点】聖
【無効】物理攻撃　【耐性】聖属性以外

「こいつら、普通のソウルマジックよりレベルが高いのか」

俺が倒していたのは、言わば二軍。冒険者を調子に乗せて、森の奥へ引き込み、一軍メンバーで一網打尽にするという腹づもりか。とても低レベルの魔獣が考える戦術ではない。間違いない。ソウルマジックには参謀がいる。

（もしかしたら、このダンジョン自体が冒険者を嵌《は》めるために仕掛けられたものかもな）

ソウルマジックに囲まれながら、俺はその向こう側にある敵の姿を予想していた。


『うるるるるるるる……』

ソウルマジックの唸《うな》りがあちこちから聞こえてくる。

ずっと耳にしていると、頭がどうにかなりそうだ。

手はあるんだが、もう1レベル足りない。おそらく手持ちの魔結晶を砕けば、スキルポイントは獲得できるだろうが、レベルが上がるかどうか微妙なところだ。あと、もう三匹ほどソウルマジックを倒すことができれば確実なんだが。

〈魔法の刃〉！

ソウルマジックに向けて放つが、やはり〈回避〉されてしまう。

さらにお返しとばかりに〈焔玉〉が降ってくる。魔力が弱いので、攻撃力こそ微々たるものだが、地味に面倒だ。既に肌は赤くなり、ヒリヒリして痛い。逃げ回りながら攻撃しているので、いよいよ体力も尽きてきた。おかげで〈魔法の刃〉の精度がどんどん悪くなっていく。

このままじゃ先に俺の魔力が尽きる。せめて、もう一人いればなんとかなるのだが……。

（こんなことなら、マイナを連れてくるべきだったか）

いや、今さら悔いても仕方がない。

考えろ。打開する方法を……。一瞬だ。一瞬でいい。

ソウルマジックの動きを止めることができれば。

「うおおおおおおおお!!」

突如、雄叫びが響き渡った。

なんだ、と振り返ったとき、茂みの向こうから影が飛び出す。

大きく飛び上がったのは、男の冒険者だ。白い柔道着の袖をビリビリに破いた胴着に、赤い鉢巻き。手にはフィンガーグローブを着けている。装備からして【モンク】だろう。

弓を引くように大きく左拳を振りかぶると、ソウルマジックに拳を落とした。

〈正拳突き〉！

裂帛《れっぱく》の気合いが死霊の森に響き渡る。

普通の魔獣や打撃に弱いスケルトンなら見事に決まっていただろう。

だが、相手はソウルマジックである。拳はあっさり通りぬけてしまった。

「あちちちちちつつつつATITITITITITITITIII!!」

おまえけにソウルマジックに触れたことによって、余計なダメージまで負ってしまう。

最後に着地までミスった【モンク】は地面の上でもんどり打った。

「なんだ、いったい?」

いや、詮索は後だ。この好機を逃す手はない。

闖入者《ちんにゅう》の登場にソウルマジックの動きが止まっていた。すかさず、俺は手をかざす。

〈魔法の刃〉! 〈魔法の刃〉! 〈魔法の刃〉!

三匹撃墜することに成功する。俺は即座に魔結晶を砕いた。

『スキルポイントを獲得しました。スキルレベルを最大一つまで上げることができます』

俺は迷わず、今もらったスキルレベルを［魔法］のスキルツリーに突っ込んだ。

『スキル［魔法］のレベルが3に上がりました』

『〈貪亀《どんき》の呪い〉を獲得しました』

指定した対象の速度を落とす魔法だ。ただし一体のみ。この魔法ならソウルマジックの動きを鈍らせることができるはず。しかし、目の前のソウルマジック全部の速度を落とすには、〈貪亀の呪い〉を連発する必要がある。そんなことをすれば俺の魔力が先に尽きてしまうだろう。

そこでこのスキルを使う。

『〈弟子の知識〉によって、［魔法］が『全体化』されました』

〈弟子の知識〉は『単体』にしか効果がない魔法を『複数』に効果があるようにできるスキルだ。つまり一回分の魔力消費だけで、複数の敵に魔法を放つことが可能。コスパ最高のチートスキルなのだ。

〈貪亀の呪い〉！

覚えたばかりの〈貪亀の呪い〉を『全体化』して放つ。

速度遅延の確率は運の要素もあるけど、一番大きな要素はレベルだ。

俺のレベルが、向こうのレベルに勝っていれば、成功確率は九割を超える。

「OH！　ソウルマジックの動きガ！」

倒れていた【モンク】が叫ぶ。

明らかにソウルマジックの動きが鈍ったが、まだ足りない。

〈弟子の知識〉による『全体化』は便利だが、効力が半減するというデメリットもある。

けれど、半減するなら、もう一回かければいい。

〈貪亀の呪い〉！

もう一度かけると、さらにソウルマジックの動きが鈍る。

さっきと比べれば、ほとんど止まっているようなものだ。

「トドメだ！」

〈魔法の刃〉＋全体化！

俺の手から放たれたのは、無数の青白い刃だった。

流星群のようにソウルマジックに襲いかかり、魔物たちを食らいつくした。

すかさず二撃目の〈魔法の刃〉を放つ。こちらも威力が落ちていた。

〈貪亀の呪い〉を受けたソウルマジックには、回避する術がない。

まともに受けると、五十体以上いたソウルマジックは、全て魔結晶となった。

まだまだ雑魚魔物とはいえ、五十体の魔物を一度に殲滅するというのはなかなか気持ちがいい。

それに魔結晶もおいしかった。これで、二つか三つはレベルを上げることができる。

〈弟子の知識〉も覚えたし、ここでスキルツリー〈魔法効果〉を上げておくか。

レベルを上げるごとに、魔力や魔力量、魔法耐性などが5％上昇する大スキルだ。

「アナタ、スゴいですね」

【モンク】が話しかけてくる。

金髪に、緑色の瞳。それに妙なイントネーション。おそらく海外から召喚された異世界人だろう。

ふと思ったが、なんでイントネーションが微妙なんだ？

ジオラントでは基本的に言語は共通化されるはずなんだが……。

「アレだけのソウルマジックを一撃で倒すなんテ。まるで『ロジウラ・ファイター』の裏ボス悪鬼《あっき》の隠し必殺技みたいだったネ」

「『ロジウラ・ファイター』？　また懐かしいゲームを知っているな、あんた」

「OH！　ユーも『ロジウラ・ファイター』知ってマスカ？　アレは神ゲーね!!」

知っているというか、コンシューマーゲームをやったことがある人間なら誰でも知ってるビッグタイトルだ。今でもゲームの大会が世界中で行われていて、熱狂的なファンが多い。ちなみにプレイしたことはない。対戦ゲームはどうも苦手だ。

「もしかしてあんたの恰好って、『ロジウラ・ファイター』の……」

「イグザクトリー！　『ロジウラ・ファイター』の龍虎《りゅうこ》の衣装ネ。ワタシ、龍虎がとってもスキね。持ちキャラも龍虎ネ」

異世界のダンジョンの中で、なんでゲームの話なんかしてるんだろう。

「ン？　チョット待ってください。ユーの首から下げてる『護宝石《アミュレット》』……。ワタシ、どこかで見たことがアリマス！」

「これを知ってるってことは、あんたがロレンツォか？」

「OH！　イカにもセッシャはロレンツォでありますぅ」

さっきまで「ワタシ」って言ってなかったか。なぜ、「セッシャ」に言い換えた。

「俺はクロノ。あんたを捜してほしいって、マイナさんに頼まれたんだ」

「ほわっと？　マイナ？」

「帝都のギルドであんたの帰りを待ってる。一緒にダンジョンを脱出しよう」

「おう……。それはおかしいですよ、クロノ。マイナは亡く――――クロノさん！」

俺はロレンツォに突き飛ばされる。

次の瞬間、目の前は真っ赤に燃え上がった。

被弾したのはロレンツォだった。炎に包まれ、悲鳴を上げながら倒れてしまう。

今のはソウルマジックの〈焔玉〉か。

「あ～ら。外れちゃった……。うふふふ」

クラッとするような蠱惑的な笑い声が響く。

木の陰から黒い髪に、黒い瞳の女【モンク】が現れる。

「あんたは、マイナさん!?」

「違います!!」

叫んだのは、ロレンツォだった。

その身体は真っ赤になり一部焼け爛れている。それでもロレンツォが立ち上がれたのは、クラス【モンク】の体力補正と、表情にも浮かんでいる怒りから来るものだろう。

「クロノさん……。アレはマイナじゃありまセン。アイツこそ〝死体漁り〟デス」

「なるほど。ようやく全貌が見えてきた」

俺がギルドで依頼を受けたときには、既にマイナさんは死んでいた。

ギルドにやってきたのは、マイナさんに扮した死体漁りだ。

本来ならロレンツォも殺す予定だったが、逃げられてしまった。ダンジョン内は広い。一人でロレンツォは捜せないし、向こうも死体漁りを警戒して、なかなか尻尾を出さない。

そこでギルドに戻って、捜索隊を募った。そこに俺が立候補したというわけだ。

「なるほど。この『護宝石』には追跡用の魔法がかかっていたのか」

警戒していたのにもかかわらず、ソウルマジックの罠にかかった理由はこれか。

「今頃、理解したの？　ホントに間抜けなハズレ勇者様だこと」

死体漁りは醜悪に微笑む。すると、パチッと指を鳴らした。

茂みや枝葉の間から、ソウルマジックが現れる。

レベルも高い。〈劣魔物の知識〉によれば、レベル12のソウルマジックもいる。

それ以上に問題なのは、死体漁りだ。ただの死体専門の追いはぎとは思えない。目の前の死体漁りからは、千年前にも感じた強者の気配がする。

「ソウルマジックを使役できてるってことは、あんたのクラスは【ソウルマスター】だな」

「あら。お勉強は好き?。そうよ。あたしのクラスは【ソウルマスター】。導きの星四つの高位クラスよ。クラスレベル〝Ⅲ〟、スキルツリーレベルは40!」

クラスレベルがレベルⅢで、スキルツリーレベルが40。

格上も格上だ。俺たちが冒険者初心者だとしたら、あっちは上級者の一歩手前。

数の上でこっちが有利でも、文字通りレベルが違う。さらに向こうにはソウルマジックもいる。

普通に考えて、勝ち目は薄い。

「クロノさん。あいつはわたしが引きつけます。今のうちに逃げてください」

「……そうだな。昔の俺なら真っ先に逃げていたかもな」

そうだ。俺はいつも諦めていた。人を頼りにして、失敗すれば勝手に裏切られたと思って、人のせいにしてばかりいた。自分の理想を押し付ける親を許すつもりはないが、親の言うことを聞いてばかりいた俺に落ち度がなかったわけじゃない。

ここまで散々な異世界生活だが、ようやく光明が見えてきたんだ。

それに【大賢者】だったことを思い出した今も、根本的な目標は変わっていない。

「異世界で変わるって決めたんだ。簡単に諦めてたまるか」

俺は先ほど倒したソウルマジック五十体分の魔結晶を壊す。

『スキルポイントを獲得しました。スキルレベルを最大三つまで上げることができます』

お馴染みの『幻窓』が目の前に浮かぶと、その全てを［魔法効果］のスキルツリーに突っ込む。

『［魔法効果］のスキルツリーレベルが4になりました』

『魔力、魔力量、魔力耐性が20％上昇しました』

「よし」

俺は早速手を掲げる。

〈魔法の刃！〉

プラス〈弟子の知識〉の『全体化』がかかる。

複数の刃が周囲を囲んだソウルマジックに襲いかかった。

パパパパパパパパパパパパパパパパパパパパ、パンッッッッッッッ!!

ソウルマジックは〈魔法の刃〉の餌食になっていく。

魔力量の上昇とともに攻撃力も上がったので、『全体化』していても一発で墜とせる。さらに発射速度も上昇したので、回避が難しくなったのも幸いした。

ソウルマジックは一瞬で殲滅され、再び死体漁りだけになる。

その死体漁りにも、〈魔法の刃〉が伸びていく。だが回避はおろか、動く素振りすら見せない。マイナの顔でただ醜悪に微笑むだけだ。

死体漁りに〈魔法の刃〉が着弾する。けれど、何も起こらない。

青白い刃が、ただ死体漁りに飲み込まれていくだけだった。

「ふふ……。魔法はあたしには通じないわよ」

「〈魔法吸収〉のスキルか……」

【ソウルマスター】というクラスについて、俺もよく知らない。

レア中のレアクラス。ソウルマジックなどを操ることができるという以外に不明だ。

〈魔法吸収〉のスキルを持っているのも、今初めて知った。

「そこの【モンク】だけじゃなく、あなたもあたしと戦うっていうのかしら、勇者様？　あたしのスキルツリーレベルは40。あなたたちのレベルは合算しても、精々レベル30が関の山でしょ？　勝算はあるの？」

「勝算ならあるさ」

俺は口角を上げる。

そう。勝算ならある。スキルツリーのレベル差を埋め、死体漁りを破る方法が。

さて――ジャイアントキリングといこうか。

第一部

第四話

EPISODE.4

「ロレンツォ、これを飲め」

俺がロレンツォに差し出したのは、最後の回復薬だった。

今思えば、護宝石こそ偽物だったが、もらった回復薬が全て本物だったことは、不幸中の幸いだ。偽物を渡したところで、すぐにバレると踏んだか、回復薬ぐらい渡したところで俺たちに勝てるというマイナの余裕か。今、考えても仕方ないことだろう。

「いいんですか、クロノさん？」

「相手は魔法が効かない。死体漁りを倒すためには、ロレンツォの火力がいる。勝算はそこしかない。いけるか？」

「も、もちろんです」

「殴れるのか？　あの顔……。本物のマイナさんなんだろ？」

死体漁りの中には『皮剥』という技術を持つ人間がいる。

死んだ人間の皮を綺麗に剥いで、その中に入り、別人になりすますというやり方だ。

千年前にもあった技術だが、実際この目で見るのは初めてだ。

おかげで、まんまと騙されてしまった。

「……大丈夫です」

ロレンツォは表情を引き締め、緑色の瞳を俺に向けて頷いた。

回復薬を飲んだロレンツォが立ち上がる。全快とまではいかないが、さっきの攻撃をもう一度受けてももちこたえられるぐらいには回復できたはずだ。

「いいか。ロレンツォ……。作戦はこうだ」

俺は簡単に作戦を伝えた。

「え？　いいんですか、クロノさん？」

「ロレンツォの火力が頼りだと言ったろ？　マイナの仇を取る。それができるのは、あんただけだ」

最後に俺は鼓舞するようにロレンツォの胸を叩いた。

緑色の目がようやく据わる。どうやら覚悟を決めたらしい。

俺たちは同時に振り向き、余裕顔の死体漁りを睨んだ。

「あはん……。こ〜わ〜い。ロレンツォちゃん、本当にあたしの顔を殴る気？　マイナのことぉ、好きだったんじゃないの？」

「そうです。ワタシはマイナのことを愛していました。だからあなたを倒します、全力で。それがマイナの弔《とむら》いになるからデス！」

ロレンツォは構えを取る。

左足を前に、足幅は肩より少し開く程度。つま先は相手と平行になるように下ろし、やや腰を落とす。拳の位置は肩より下、胸の前に置き、脇を締める。最後に顎を下げ、敵を睨《ね》め付けた。

見たことがあると思ったが、『ロジウラ・ファイター』の龍虎《りゅうこ》の構えとそっくりだ。

これがロレンツォの最強の形なのだろう。

「よし。やるぞ、ロレンツォ」

「はい、クロノさん」

勢いよく飛び出したのは、俺だった。

ロレンツォはその場に留まり、スキル〈ためる〉を使う。

一定時間構えたまま状態をキープすると、攻撃力が二倍になる。三回まで重ねがけが可能で、最終的には攻撃力が十六倍にもなる超火力スキルだ。

スキルツリーレベル40の死体漁りに攻撃を通すには、この一発逆転にかけるしかない。

「なるほど。一発逆転というわけね。だけど、あたしがそれを簡単に見逃すと思う。お逝きなさい、あたしの可愛い魂ちゃんたち」

〈死霊の鎖〉!

死体漁りが声をかけると、ソウルマジックが再び集まってくる。

しかも飛び回って攪乱《かくらん》するのではなく、ロレンツォに向かって一直線に殺到した。

ソウルマジックに魔力でできた鎖を繋ぎ、武器として使ったのだ。

スキルに集中していても、ソウルマジックが自分に集まってくるのは嫌でも視界に映る。

ロレンツォの顔が引きつる瞬間、俺は魔法を放った。

〈魔法の刃〉!

無数の刃が、ソウルマジックを撃退していく。

「俺を忘れてないか、死体漁り」

「チッ!!」

「ロレンツォ、お前は俺が守る。作戦通りに頼むぞ」

「が、合点承知！」

「鬱陶しいわね、勇者様。あんたから捻《ひね》り潰してあげる！」

再び襲いかかってきたソウルマジックを〈魔法の刃〉の『全体化』を使って迎撃する。しかし、ソウルマジックは次から次へと湧き上がり、襲いかかってくる。しばらく互角の攻防が続いた。

これでいい。とにかく今は時間を稼げ。〈ためる〉の最大値攻撃なら、いくらスキルツリーのレベル40でも、攻撃は通るはずだ。

「みえみえの時間稼ぎご苦労様……」

死体漁りは微笑む。

何か仕掛けてくると思った瞬間、俺は膝を突いていた。視界が揺らぎ、意識が飛びそうになる。

頭をよぎったのは、死体漁りのスキルによる攻撃だが、これは違う。

魔力が尽きかけているのだ。[魔法効果]のレベルを上げたことによって、魔力量の最大値は上がった。だが、決して回復したわけじゃない。

「あたしの魔力量と、ハズレ勇者様の魔力量……。どっちの魔力量が上かと言われれば、当然あたしよね。こうやって打ち合えば、魔力が尽きるのはそっちが先になることぐらい、子どもでもわかるんじゃないかしら」

『全体化』によって魔力の消費量は抑えられているものの、死体漁りの言う通り魔力量では向こうが上だ。スキルの打ち合いとなれば、向こうに分がある。

死体漁りは存分に力を見せつけてくる。本来であれば一瞬で俺たちを倒せるはずだ。

遊ばれてるな、俺たち。逆に言えば、それが勝機に繋がる。

すると、ロレンツォから合図が来た。

「クロノさん！」

「待ちかねたぜ、ロレンツォ」

俺は再び立ち上がり、手をかざす。

頭がガンガンと唸《うな》り、今にも意識が飛びそうだったが、それでも魔力を搾り出す。

〈魔法の刃〉！

青白い刃が一直線に向かっていく。

「あたしに魔法が効かないのは知っているでしょ？」

「ああ。知ってるさ。だから、あんたは狙ってない」

「え⁇」

俺が狙ったのは、死体漁りの足元。つまりは地面だ。

ドンッ！

爆発音が轟き、爆煙が森全体に広がっていく。

その中で、死体漁りは口の中に入ってきた土や小石を吐き出していた。

「ぺっ！　ぺっ！　……なに？　嫌がらせ？　それとも煙幕のつもりかしら？」

マイナの皮を被った顔が醜く歪む。

死角に浮かび上がった影に反応すると、死体漁りはタイミングよく蹴りを放った。

その足の先が、綺麗に俺の鳩尾《みぞおち》を突く。

「げほっ！」

「バカね！　そんなみえみえの手、あたしが見逃すと――」

「ああ。見逃すと思っていたよ！」

「あなたはクロノ!?」

そう。最初に煙幕から出てきたのは俺だ。

そして真打は遅れてやってくる。

「うおおおおおおおおおお！」

巻き上がった土煙からロレンツォが躍り出る。

既に大きく身体を反らせ、目一杯拳を握っていた。

必殺の間合い。いくら死体漁りが強くとも、その間合いで回避は不可能だ。

「行け！　ロレンツォ!!」

俺は叫ぶ。

ロレンツォの拳はカタパルトから射出されたように繰り出される。

俺たちが攻撃に転じる刹那、死体漁りが見せたのは笑みだった。

「ロレンツォ……」

「————ッ!?」

ロレンツォの拳が空を切る。

そのときのロレンツォの心中を推し量ることは容易だった。

どんなに意志を固めたところで、仲間を……愛してしまった人間の顔を簡単に殴れるものではない。

まして、女神のように微笑まれては……。

その笑みが崩れる。現れたのは、悪魔の顔だった。

「バカね……。本当に殴らないなんて！」

死体漁りがパチリと指を鳴らす。

〈死霊の鎖〉が発動すると、ソウルマジックの群れがロレンツォに殺到した。

ソウルマジックの集中砲火にあい、怒れる【モンク】は為す術もなく、地面に沈む。

同時に強い頭痛が俺に襲いかかってきた。やばい。完全に限界だ。

「これで詰みね、クロノ。【モンク】が戦線離脱した今、あなたには倒せない。あなたのクラスはいまだにわからないけれど、魔力が尽きてしまえばどうしようもないでしょ？」

「………」

「けれど、ここまでしぶといとは思わなかったわ。もっと簡単に仕留められると思ってた」

死体漁りは独特の形状のナイフを取り出す。マチェーテに似ているが、それよりも小さい。

猪用の皮剥ナイフよりは少し大きいぐらいの刀身をしている。

おそらく、そのナイフによって数々の冒険者の死体を漁ってきたのだろう。

ゆっくりと死体漁りはナイフを振り上げる。その所作はどこか儀式めいていた。

「さて、クライマックスよ、クロノ。どんな声で鳴いてくれるのかしら、お前は」

「ああ。そうだな……」


ここからがクライマックスだ。


俺は懐に手を伸ばす。

取り出したのは回復薬の瓶。それを死体漁りに向かって投げた。

安物の回復薬は、それが入っている瓶も安物だ。ちょっとした衝撃で割れてしまう。

事実、死体漁りにぶつかると、瓶は簡単に砕け散った。

「なんだい！　これ！　臭ッッッッ!!」

明らかに回復薬ではないドロッとした液体に、死体漁りの顔が歪んだ。

汚臭は俺のほうにまで漂ってくる。そのまま俺は倒れていたロレンツォの腕を取った。

そのまま引きずり、死体漁りから距離を取る。

「な！　ここで撤退？　あたしが逃がすと思ってるのかしら！」

死霊たちよ！　と勇ましく吠えると、死体漁りはソウルマジックを呼び出した。

森の中から炎を燃やしたソウルマジックの群れが現れる。

それを見て、俺は口の端を吊り上げた。

「いいのか？　火気厳禁だぞ」

「はっ？」

直後、死体漁りの衣服が燃え始める。

五秒とかからないうちに死体漁りを包んでしまった。

「ギャアアアアアアアア！　火ぃ！　ひぃいいいいいいいいい!!」

さしもの【ソウルマスター】も一旦着いた火には対処できないらしい。

地面の上でもんどり打つのだが、火の勢いは止まらない。それどころか地面に引火し、たちまち周囲は火の海と化す。その中心で、死体漁りの泣き叫ぶ声だけが響いていた。

炎に包まれながらも、死体漁りの目はまだ死んでいない。それどころか呪い殺さんばかりに俺のほうを睨んでいた。

「お前ぇぇぇぇえええええ！　何をしたぁぁぁぁあああああ!?　あたしに何をかけた!?」

「油だよ」

「油??　これが？」

「油っていっても、動物や植物だけから取れるものだけじゃない。地中に埋まった生物の死骸が途方もない時間をかけて化学変化を起こし、油になることもあるんだ。といっても、魔法文化全盛のあんたたちには、油が地中に埋まってるなんて発想すらないだろうがな」

ジオラントの人間は極端に大気が汚れることを嫌う。なぜなら、大気を汚すことは自分たちにスキルを与えてくれている精霊や神の怒りを買うと考えているからだ。

「死体漁り……。俺は薄々あんたに狙われていることがわかっていた」

「な、なんですって……」

「ソウルマジックの動きは魔物の動きじゃない。誰かが組織的に動かしていることは明白だった。クラスは【ソウルマスター】。おそらくソウルマジックを動かしている手並みからして、相当な高レベルであることも予測していた」

「だ、だったら、なぜ逃げなかった………？」

「考えたさ。さすがに分が悪いからな。でも、ダンジョンでとっておきの飛び道具を手に入れてしまった。それがその油さ。あんたと俺の力の差は明白。だが、あんたはその油の怖さを知らない。その油が、あんたとのレベル差を埋めるピースになると考えたんだよ」

「ご託はいい！　早く！　早く消せ！　消せぇぇええええ!!」

死体漁りはよく燃えた。燃焼物である人間の皮を丸々被っていたのだ。

それは先に逝ったマイナからの意趣返しにすら俺には見えた。

既にそのマイナの顔も半分焼け落ち、中の顔が半分見えかかっている。

「今すぐ消してやるさ。ただし、俺じゃないけどな」

俺のそばで、一人の男が起き上がった。

復讐と怒りの表情を浮かべ、紅蓮の炎の中で瞳を光らせる。吐いた息は白く濁っていた。

大きな背丈と、広い肩幅。炎で伸びた影には巨人のような威圧感すら存在する。

それまで余裕の笑みを見せてきた死体漁りの表情に、絶望の影が差した。

「ロレンツォ！　や、やめろ！　この身体はお前の……」

「もうマイナはいまセン！」

「ち、ちが……」

「モシ彼女が今この世にいるというナラ、ソレは神への冒涜《ぼうとく》デス。いえ。マイナへの冒涜デス！」

ロレンツォの顔はまさに鬼の形相だった。

それでも必死に冷静になろうとしている。言葉が似非《えせ》日本語のようになっているのはそのためだ。

確実に死体漁りを仕留めるため、自分の所作を一つ一つ確認しながらスキルの発動を進めていた。

死体漁りにはそれが、逆に脅しに見えただろう。

炎に包まれ、目は真っ赤になっていたが、それでも涙はすぐに乾いて流れなかった。

やがてロレンツォは構えを取る。その表情と姿は怒れる龍虎そのものだった。

〈ためる〉！

「ひっ！」

〈ためる〉！

「や、やめ………」

〈ためる〉!!

三発分の弾丸が装填される。

あとは、これを一発にして放つだけだ。

「うおおおおおおおおおおおおおおおおおおおおお!!」

「やめろおおおおおおおおおおおおおおおお!!」

〈正拳突き〉!!

クラス【モンク】の代名詞にして、最大火力スキルが死体漁りの顔面を捉える。

拳の捻りがそのまま伝わり、死体漁りは錐揉み状に吹き飛ばされた。

火の海の外へと放り出され、さらに風圧と衝撃で火が消し飛んだ。

太い木の幹に叩きつけられると、死体漁りはピクリとも動かなくなってしまった。

「ふう……」

ロレンツォは再び大きく息を吐き、叩いた感触を確かめるように握り込んだ拳を見つめた。

そして何も言わず、高々と拳を掲げた。

先に逝ったマイナを弔うように、一人のファイターは静かに凱歌を上げた。


「ごふっ! かぁぁぁああ……。げは! げはっ!!」

突然、咳き込んだのは死体漁りだった。

生きてはいるとは思っていたが、もう意識を回復させたらしい。

さすがはスキルツリーレベル40。しぶとい。

だが、満身創痍《そうい》であることに変わりはない。重度の火傷に加えて、こちらの最大火力を顔面に受けたのだ。今は指一本動かすことすら困難なはずである。

死体漁りは激しく咳き込む。すると顔を隠していた最後の皮が剥がれた。

まさしく化けの皮が剥がれたとき、俺たちは息を呑む。

特徴的な鉤鼻。そこに浮かんだ多くのシミと皺。節くれ立った指にも見覚えがある。

それは俺がよく知る人物だった。

「『勇者の墓場』の婆さん！」

間違いない。あの守銭奴老婆だ。

その素顔を見て、ロレンツォも神妙な顔を見せた。

「この人デス。ワタシとマイナにこのダンジョンを勧めてきたのは……」

ロレンツォとマイナも、一度『勇者の墓場』に落ちた。

それでも二人は協力して、冒険者として独り立ちし、『勇者の墓場』を出ていった。

その後、なかなかレベルが思うように上げられず、困っていたとき、相談に乗ってくれたのが、この『勇者の墓場』の管理人だという。

老婆は『勇者の墓場』にいたときとは違って、親身に相談に乗ってくれたそうだ。まるで自分の孫でも可愛がるように。新人冒険者の悩みを聞きながら、この老婆は罠だらけのダンジョンを勧めたのである。

『あたしが付いていけば問題ないさね。昔、よく死霊狩りをやったもんさ』

そうやって、死霊系の魔物を不得意とする二人を安心させたという。

「お婆さんはダンジョンに入ッテ、しばらくシタ後にいなくなりマシタ」

「そのすぐ後に、ソウルマジックの強襲を受けたというわけか」

すると、笑い声が聞こえてきた。

くぐもった声の出所は、もはや語るまでもない。老婆――いや死体漁りだ。

「あんたたち、あたしをこんな目にして……ごほっ！　タダで済むと思うなよ」

「そんな満身創痍でも啖呵《たんか》を切れるのか。ホントしぶとい婆さんだな」

「イエ。たぶん、そういうことじゃないと思います」

「どういうことだ、ロレンツォ」

「噂で聞いたことがあります。帝宮にはハズレ勇者専門の暗殺者がいると……」

「はあ？　ハズレ勇者専門の暗殺者？　どういうことだ？」

「決まってる……。帝宮にとって、あんたたちハズレ勇者が目障りだからさ」

「目障り？　俺たちが？　無能と断じて、追放したのは帝宮側だろう」

ハズレ勇者といっても、勇者は勇者だ。この国は国策として勇者を召喚している。

たとえハズレだとしても、帝宮が勇者を殺しているなんて噂が立ったら、国策と矛盾していることになる。人民からの信頼は地に落ちるだろう。

「五十年ほど前にね、一度あったのさ。ハズレ勇者の反乱がね」

「ハズレ勇者の反乱？」

「それからさ。お前たち、ハズレ勇者が暗殺され始めたのは……」

「反乱を企てた勇者はどうなったんだ？」

「死んだよ。別の勇者に殺された」

俺とロレンツォは同時に息を呑む。

それだけハズレ勇者と、帝宮に残った勇者の戦力に違いがあるというわけだ。

なんにしても、千年の間に人間社会も随分と歪《いびつ》になったものだ。

魔族という共通の敵がいたにせよ。貴族も平民も、昔は助け合って生きていたものだがな。

「暗殺者がそんなペラペラ喋っていいのか」

「ふん。あたしはあんたたちを殺せなかった。たとえ、この場を生き延びたとしても、帝宮はあたしを許さないだろう。それにこんな歳だからね。とっくに稼業の賞味期限がきてるんだよ。それにしても異世界に来て石油をかぶるとはね」

「賞味期限？　石油？　婆さん、あんたも異世界人か？」

「…………」

「それがあんたの処世術だったわけか。……ロレンツォ、ちょっと相談がある」

「なんデスか、クロノさん？」

死体漁りから少し離れて、俺は小声でロレンツォと相談を始めた。

「――――というわけだ」

「オーケー。クロノさんの案に従いますヨ。マイナも理解してくれるはずデス」

「ありがとう」

一方、死体漁りはもう虫の息だ。たぶん、このまま放っておいても、死んでしまうだろう。

まあ、演技という可能性は十分あるがな。

「婆さん、俺の頼みごとを聞いてくれないか？　聞いてくれたら、あんたを治療してやる。それにうまくいけば、もう少し生きられるぞ。むろん、暗殺稼業からは足を洗ってもらうがな」

死体漁りはじっと俺を睨んだあと、諦めたように息を吐いた。

「……とりあえず話しな。決めるのはそれからだ」

◆◇◆◇◆

死霊の森のダンジョンが消えると、一人の老婆が出てくる。

顔は真っ赤で、節くれ立った手には水ぶくれができていた。

左足が思うように動かないのか。太い枝を杖代わりにして、引きずるようにして歩いている。

そんな老婆の前に現れたのは、帝国の兵士だ。

いかにも真面目な好青年といった兵士は老婆の前で敬礼する。

「お疲れ様ッス！　随分と苦戦されたようですが、首尾はいかがでしたか？」

「三人とも殺したよ。死体は全部燃えちまったがね。酷いもんさ。あたしまでとばっちりくらってこのザマだよ」

「それは大変でしたね。ご苦労様でした、死体漁り殿」

それだけ言って、兵士は踵《きびす》を返した。

「待ちな。他にも報告したいことがある」

「なんでしょうか？」

「あたしは引退する。感覚がない。もうこの足はだめだ」

「なるほど。私の一存ではなんとも言えません。上とかけ合ってみましょう」

「頼むよ」

老婆の返事を聞くなり、兵士は風のように走り去っていった。

死体漁りと呼ばれた老婆は、手近にあった石の上に腰を下ろす。

はあ、と息を吐くなり、暗い老婆の顔に差したのは、朝日だった。

眩い光に魅了されながら、死体漁りは遠い過去に思いを馳せる。

「まったく……。油臭いったらありゃしないよ……」

たった一言だけを言うと、そのまま死体漁りは眠るように瞼を閉じた。

◆◇◆◇◆

眩い日の出を、俺とロレンツォは朝一の馬車から眺めていた。

もう帝都をぐるりと囲む城壁は見えない。遠くに帝宮の尖塔が微かに見えるだけだ。

帝都を出れば、のどかな田園風景が広がっている。田んぼではなく、小麦畑だろう。風が吹くと、漣《さざなみ》のような音を立てて、緑色の穂が揺れた。

「お婆さん、うまくヤッテくれたでしょうカ？」

「大丈夫だよ。でなければ、今頃追っ手が差し向けられているはずだ」

死体漁りには、俺たちを殺したという虚偽の報告をしてもらうよう頼んだ。俺たちが死んだことにすれば、当分は帝宮の暗殺対象からは外れ、死体漁りも任務を成功させたということで、生き延びることができる。お互いＷｉｎ－Ｗｉｎというわけだ。

死体漁りの怪我は、本人が持っていた回復薬を、俺が中級回復薬にして治した。

ギルドで全部俺に渡したと思っていたが、一本隠し持っていたのだ。

慎重な死体漁りだから、どっかに虎の子を隠し持っていることはわかっていた。それを理解した上での交渉だったのだ。

俺たちはそのまま帝都には帰らず、街道で朝一番の乗合馬車に乗り込み、今に至るというわけだ。

「クロノさん、これからどうシマスか？」

「俺はひとまずこの国から出ようと思ってる」

ティフディリア帝国から命を狙われている以上、国外に逃げたほうが安全だ。

帝宮の対応は最悪だし、帝都の中にもハズレ勇者に対して嫌悪する風潮が広がっている。

そんなにハズレ勇者が嫌いなら、こっちから出ていったほうがいい。

「ロレンツォはどうする？　一応、マイナの遺体は葬ってきたが。帝国に残るか？」

「そうですネ。マイナがこの国にいる以上、アマリ遠くへは行く気になりませセン。ほとぼりが冷めたラ、また帝都に戻ろうカト。幸い、ワタシの見た目はジオラントの方々とあまりカワリマセンシ」

確かにな。こっちの人間は、どっちかというと欧米人と似ている。

ジオラントでは珍しい黒髪、黒目の俺よりは、ずっと潜伏しやすいだろう。

「そうか。世話になったな」

「ソレハ、こっちの台詞でス。デモ、いつかどこかで会いましょウ、クロノさん」

「ああ。いつかな」

次の街でロレンツォと別れ、俺は北の国境からほど近い街を目指したのだった。

【名前】クロノ・ケンゴ
【ギフト】おもいだす　LV　Ⅰ　【クラス】大賢者　LV　1
【スキルツリー】LV　16
〔魔法効果〕LV　3　〔知識〕LV　10　〔魔法〕LV　3
魔力　15％上昇　賢者の記憶　魔法の刃
魔力量　15％上昇　劣魔物の知識　貪亀の呪い
魔法速度　15％上昇　薬の知識
弟子の知識
【固有スキル】【隕石落とし《メテオラ》】
【緊急離脱《エマージエンシー》】

第二部

第一話

EPISODE.1

帝都から馬車で十二日。俺は北の街メルエスにやって来ていた。

程良く田舎で、程良く物が溢れた街で、静かで治安も悪くない――と聞いている。

街の中心には川が流れていて、水車がのどかな音を立てて回っていた。なかなか風光明媚《ふうこうめいび》な街だ。

大通りの人通りは帝都と比べれば少ないが、賑わいは変わらない。帝都の陰湿な雰囲気と比べて、実に華やかだ。子どもも元気で、女性が屈託のない笑顔で談笑している。

たぶんメルエスが国境に近いということもあって、帝国のカラーよりも隣国のルーラタリア王国の影響が強いのかもしれない。あっちは身分制の縛りが帝国ほど強くなく、貴族、平民関係なく、教育の機会を設けているらしい。

実は、俺はそのルーラタリア王国を目指していた。

ジオラントで帝国の次に権威がある大国で、その威光もあって帝国の影響力が少なく、帝都ほど異世界人に対する風当たりは強くないらしい。メルエス行きを決定づけたのは、ジオラントで一番の蔵書を誇るという図書館の存在だ。俺には千年前のジオラントの記憶があっても、今のジオラントの知識はさっぱりない。知識をアップデートするために訪れるのも悪くないと考えた。

国境を越えるためには、いろいろと書類を用意する必要があるのだが、そのためには一にも二にも金が必要になる。長距離の馬車移動のおかげで、金はすっからかん。死体漁り戦で倒したソウルマジックの魔結晶はスキルポイントと装備で消えた。いつまでも血のこびり付いた中古品を装備しているわけにもいかないからな。

火除けの効果が入った魔導士のローブに、魔力が8％上昇する三角帽。それに武器としても杖としても使える丈夫な樫《かし》の杖が、今の俺の主な所持品だ。

装備といっても、昔と比べればまだまだ心許《こころもと》ないが、まあ見た目は整った。

さて所持金も減ったし、一旦メルエスでお金を稼ぐ必要がある。

となれば、俺がまず最初に行く場所は、メルエスのギルドだ。

「いらっしゃいませ、冒険者様」

ギルドにたどり着いて受付に行くと、随分と賑やかな声が返ってきた。

目の前のギルド職員は、帝都にいたギルド職員と同じ制服を着ているのだが、笑顔だからか全然印象が違う。普段店員の表情なんて特に気にすることなどなかったのだが、笑顔一つでこうも印象が違うとはな。あと、どうでもいいことだが、イントネーションがメイドカフェっぽい。

制服には名札もかかっていて、ラパリナという名字が目に付いた。一応覚えておこう。

「クエストを受注したい。できれば討伐クエストがいい」

「失礼ですが、当ギルドは初めての冒険者様ですね。クラスのレベルと、スキルツリーのレベルを教えていただけないでしょうか？」

「スキルツリーのレベルは25。クラスレベルは〝I《ワン》〟だ」

すると、背後でドッと笑い声が巻き起こった。

振り返ると、ギルド内に併設された酒場で朝から飲んだくれていた冒険者が膝を叩いて笑っている。他の冒険者も同様だ。帝都でもあったが、どうやら街が変わっても、冒険者の質はあまり変わらないらしい。

「申し訳ありません、冒険者様。お名前を伺ってもよろしいですか？」

「クロノだ」

「クロノ様。現在、クロノ様のランク〝E〟では、残念ながらオススメできる討伐クエストは、当方にはございません。クラスレベル〝Ⅱ《ツー》〟以上、あるいはランク〝D〟以上の冒険者様のみ、討伐クエストをご案内させていただいております」

ラパリナさんは申し訳なさそうに頭を下げる。

話を聞いて、またギルドに笑い声が響いた。

「残念だったな、坊や」

「お前は用なしだってよ」

「ランク〝E〟の冒険者なんてお呼びじゃないんだ。しっしっ」

「そんな貧相な装備じゃ。スライムすら倒せないんじゃないのか？」

「ちげぇねぇ！　帰って、かーちゃんのおっぱいでも吸ってな」

酒を呷《あお》り、また下品に笑う。あそこまで行くと、人生楽しそうだな。

あと、リアルで初めて聞いたぞ。かーちゃんのおっぱい……。

「理由を聞かせてくれないか」

「この辺りのダンジョンは帝国国内でも、かなり難易度が高いんです。推奨されるスキルツリーのレベルは30以上。クラスレベルは〝Ⅱ《ツー》〟以上となっております」

「それぐらいになると、ダンジョンの魔獣や魔物レベルは40前後ということになるが……」

「はい。ほとんどのダンジョンに一角オーガやラウンドタートルがいるんです」

どっちも体力値が馬鹿高い魔獣だな。特にラウンドタートルの討伐は、かなりの火力が必要になる。

メルエスに来るまでに少しレベルを上げたが、25程度では舐められるわけだ。

現在、俺は［知識］と［魔法］のスキルツリーがレベル10となっている。［魔法効果］を含めた全てのレベルを10にしても、レベル11以上にすることはできない。

これ以上にスキルツリーのレベルを上げるためには、クラスアップする必要がある。すぐにでも上げたいところなのだが、そのためには、魔導書と呼ばれる魔導具《アイテム》が必須だ。

しかし千年前なら道具屋に当たり前のように売っていた魔導書だが、今はどこの道具屋にも売っていない。正確に言うなら、導きの星4つ以上のクラスが必要とする魔導書が、全くと言っていいほど店頭に並んでいないのだ。どうやらティフディリア帝国は、導きの星4つ以上のクラスが必要とする魔導書を一括で買い上げ、一元管理しているらしい。そのため市場に出回ることがほとんどないそうだ。導きの星3つ以下のクラスが必要とする魔導書にしても、帝国が独自の取引税をかけているようで、こちらも高値で取引されていた。

結果的に国は高レベル高位クラスの勇者を揃え、市中には低レベル低位クラスの冒険者が溢れる。

これも五十年前のハズレ勇者の反乱の教訓というわけだ。

「わかった。じゃあ、ランク〝E〟の冒険者でも受注できるクエストを紹介してくれ」

「簡単な薬草採取しかありませんが……」

「それでいい。一つ確認なのだが、薬草採取で突発的に魔獣と出会って、倒してしまった場合、その素材は買い取ってくれるのか？」

「ええ。ですが、クエストの報酬をお渡しすることはできませんよ」

「わかった。代わりに良い値で頼むぞ。ランク〝E〟の冒険者が討伐した魔獣なんだからな」

俺は釘を刺して、ギルドから出ていった。


ギルドに勧められるまま、俺は薬草の群生地に向かう。

きっちりクエストをこなした後、近くのダンジョンに入った。

巨大な岩が迷路のように入り組んだ、岩石ダンジョンだ。といっても道幅は広く、経路も単純。視界も悪くないから、魔獣の強襲を受けるということはないだろう。

そして、やたら踏み荒らされているのは、ダンジョンに棲息する魔獣が大きいからだ。

「早速、お出《い》でなすったか」

一角オーガだ。数は一体。大きな目玉が俺のほうを見つめている。

俺を認識した一角オーガは胸を叩き、威嚇してきた。

『うごごごごごごごごご！』

向こうはやる気満々らしい。それはこっちも一緒だ。

「先手必勝」

俺は杖を掲げる。

〈貪亀の呪い〉

移動速度を遅くする魔法を一角オーガにかける。

この〈貪亀の呪い〉は、三回まで重ねがけが可能だ。

一角オーガは元々移動速度が遅い。そこに〈貪亀の呪い〉を重ねがけすれば、停止しているのとさほど変わらなくなる。当たらなければ自慢の膂力《りょりょく》もどうということはない。

「さて続いて、体力だな」

相手は遅い故に、的もでかい。おまけに魔法耐性がほとんどない。

どんな魔法でも外れる気がしなかった。

〈菌毒《きんどく》の槍《やり》〉

掲げた杖の先に、毒々しい色をした槍が生まれる。

直後、槍は一直線に向かって行くと、一角オーガの目を貫いた。

一角オーガは悶絶する。これで動きを封じ、視力も奪うことができた。一角オーガを完封したわけだが、俺が千年前に編み出した戦術はここからが本番だ。

〈菌毒の槍〉が刺さった一角オーガの瞳とその周囲が、紫色に変色し始める。

どうやら毒状態になったらしい。

これが［魔法］レベル7で覚える〈菌毒の槍〉の怖さだ。

射程こそ中距離だが、〈魔法の刃〉以上の攻撃力と、何より毒を付与する効果がでかい。

しかも〈薬の知識〉を覚えておくと、効果が強まり、毒にもかかりやすくなる。

人間なら毒を回復する手段を持っているが、知性の低い魔獣はそうもいかない。

一度発症すれば、骨が腐り落ちるまで身体を蝕《むしば》み続ける。

解毒のためには毒消しを飲むか、使用者本人の意識を奪う必要があるが、〈貪亀の呪い〉の効果で、今一角オーガはまともに動くことさえできない。つまり、俺は一角オーガが死んでいくのをじっと見ていればいいのだ。

俺の【大賢者】のクラスレベルはいまだに〝Ⅰ〟だが、〈貪亀の呪い〉と〈菌毒の槍〉、そこに〈薬の知識〉を足したコンボは千年前も大活躍してくれた。

駆け出しの頃、この戦術によって俺は上位の魔獣すら圧倒し、一時最強の〈初心者《ビギナー》〉として一躍有名となった。おかげで、世界を救うなんて面倒くさい仕事を押し付けられたわけだが……。

『があああああああああ!!』

吠えたのは、一角オーガではない。後ろからだ。

振り返ると、大きな亀が俺のほうを向いて威嚇していた。

長い尻尾を鞭のようにしならせて、近くの岩場を破砕する。

飛礫《つぶて》がこっちに飛んできて、危うく被弾しそうになったが、俺は華麗に避けた。

頑丈そうな甲羅《こうら》に、氷柱《つらら》でできたような獰猛な牙。大木の切り株を想起させるような足はいかにも重量級という感じだった。長い尻尾を振り回し、ラウンドタートルが迫ってくる。

「本当に貪亀が現れた」

すかさず〈貪亀の呪い〉と〈菌毒の槍〉のコンボを繰り出す。

結果は一角オーガと変わらない。ほぼほぼ動けなくなり、毒が回ってからは立ち上がることすら難しく、お腹を地面に付ける。長い尻尾を虚しく振り回すだけだった。

この低ランク帯の最強戦術を、俺は無敵の戦術へと変える。

〈霧隠れ〉

スキルレベル5で習得していた［魔法］だ。

名前の通り、霧によって身を隠すことができる。

一角オーガもラウンドタートルも、自分に毒を付与したにっくき人間の姿を見失い、後は虚しく悲鳴を上げるのみである。俺はそれをごろ寝でもして眺めているだけだった。

やがて両者は死を迎える。さすがに体力があるので、完全に消滅するまで三十分近くかかったが、まともに戦うより安全な上に、確実。もっと言えば楽だ。

まだ陽は高いし、魔力回復薬も自作して揃えてきた。

「あと、十体は余裕だな」

次なる獲物を求め、俺はダンジョンを歩き始めた。

気が付けば、六時間ぶっ通しで魔獣を狩っていた。

ここのダンジョンのメイン魔獣は一角オーガとラウンドタートルのツートップらしい。

後は俺が素手でも倒せるような雑魚魔獣ばかりである。

ぶっ通しとは言ったが、さほど疲れていない。なんせ〈貪亀の呪い〉と〈菌毒の槍〉を打ち込み、あとは待つだけの簡単なお仕事。加えて〈霧隠れ〉を使えば、魔獣は完全に俺を捕捉できなくなり、その間昼食を取ったり、軽い仮眠を取ったりしていた。おかげさまで、心身ともに充実している。

俺としては、千年前の戦術が今でも通じることがわかったことだけでも大きい。

千年も経てば、もう少し魔獣も知恵を付けるかと思ったが、獣は獣だったようだ。

魔結晶もおいしいが、一角オーガもラウンドタートルも素材が高値で取引されている。ここで一気に路銀を稼いで、帝国を脱出することにしよう。

手持ちで回収できる素材を拾い上げていると、遠くのほうで金属が鳴る音が聞こえた。

魔獣同士が戦っている音じゃない。剣戟《けんげき》の音だ。おそらく冒険者が戦っているのだろう。

「少し様子を見に行ってみるか?」

この辺りの冒険者の実力を知るいいチャンスである。

岩陰からこっそり覗き見ると、やはり冒険者たちが三体の一角オーガと戦っていた。

冒険者は四人。おそらくパーティーを組んでいるのだろう。

パーティーとは複数の冒険者が協力して戦う集団のことだ。他の冒険者と手を組むことによって、自分よりも高位の魔獣や難易度の高いダンジョンを、一人の時よりも安全に攻略することが可能になる。ただデメリットはある。報酬が減るということはもちろん、自分のクラスを明かさなければならない。協力して戦う限り、仲間の力を把握しておかないと、連携が取れないからだ。

その面から見て、このパーティーの連携はバラバラだった。

高火力がありそうな前衛系のクラスが二人。一人は回復補助。一人は遠距離支援系の魔法使い。

オーソドックスなパーティーだが、息がまるで合ってない。オラオラ系の前衛が傷を負えば、もう一人の前衛が補助を求めてくる。おかげで回復補助を役目とするクラスが大慌てだ。魔法使いの支援攻撃のタイミングも合っていない。おそらく急造のチームなのだろう。

「今は耐え忍んでいるが、どっかで綻びが生まれれば一気に抜かれるぞ」

俺の心配は当たった。

「ぐはっ！」

無茶ばかりしていた前衛の一人が、一角オーガの攻撃をまともに受けたのだ。

まさしく痛恨の一撃というやつだろう。個人にとっても、パーティーにとってもだ。

一人前衛が戦闘を離脱し、さらに回復補助担当がその回復に追われる。結果、前衛一人と魔法使い一人だけで、一角オーガ三体に当たることになってしまった。状況は当然不利に傾く。ペースは完全に魔獣のほうだ。いくらクラス〝Ⅱ〟でも、まともにやり合って、一角オーガ三体に対して二人というのはキツい。

それでも、残った前衛がかなり頑張っていた。

よく見ると女冒険者だ。装備からして、クラスは【重戦士】だろう。

藍《あい》色の長い髪に、青い瞳。随分と重装備なのに動きは軽快だ。おそらく〈装備重量軽減〉のスキルを持っているのだろう。重たそうなバスターソードを、木刀でも振り回すようにして一角オーガの腕を断ち切る。剣筋も見事だった。

こうして見て初めてわかったが、パーティーの中でもかなり突出した実力者らしい。

とはいえ、魔法使いの魔力も切れて、旗色は芳《かんば》しくない。

【重戦士】も踏ん張りきれず、ついには怪我を負った仲間のところまで後退した。

そこに一角オーガが殺到する。【重戦士】は再び構えたが、ここに来て一角オーガは唯一と言っていいスキルを使う。

〈地響き〉

激しく地面を踏みつけると、地響きが起こった。

通常なら失敗することのほうが多いスキルなのだが、疲労が蓄積した状態でこのスキルは効く。

たまらず【重戦士】は体勢を崩してしまった。反撃する前に、一角オーガの巨拳が襲いかかる。

俺はここでスキルを使った。

〈魔法の刃〉!!

まともに狙っても、今の俺ではさほどダメージは通らない。

狙ったのは、一角オーガの足元だ。崩れやすい岩肌を抉《えぐ》り、一角オーガたちを転倒させることに成功する。さらに舞い上がった土煙が、一時的に冒険者たちの姿を隠した。

「今だ！　後退しろ」

「誰だ。お前は？」

「悠長に自己紹介してる場合じゃないだろ」

既に一角オーガが立ち上がろうとしている。

「速いな。だが、もう少し待ってくれないか？」

〈貪亀の呪い〉＋全体化を、三回かける。

単体に使うより効果は低くなるが、一角オーガの動きが目に見えて遅くなる。効果としては十分だ。

ここで〈菌毒の槍〉といきたいところだが、あまり手の内を他の冒険者がいる前でさらしたくない。

どこまでやれるかわからないが、〈魔法の刃〉で押し通す。

〈魔法の刃〉＋全体化。

青白い刃が一角オーガに襲いかかる。

狙いは目だ。的は小さくなるが、動きが鈍ってるので狙いやすい。

『うがががががががががが!!』

一角オーガたちが仲良く『目が……。目がぁ……』というリアクションをしていた。

戦闘の最中だが、ちょっと面白い。

しかし、易々と戦意が落ちる一角オーガではない。

むしろ激昂し、突如戦場に踊り出てきた俺のほうを向き、襲いかかってきた。

「よそ見していていいのか？　お前たち、誰かを忘れてないか？」

「はああああああああああああああああ！」

裂帛の気合いが空から降ってきた。

大上段から振り下ろした一撃は一角オーガの太い首を切り落とす。

どぉっ、と倒れる一角オーガの横に、女の【重戦士】が着地する。藍色の髪を靡《なび》かせると、残った二体を見つめた。

「何方《どなた》かは知らないが、助太刀感謝する。後は任せてくれ」

それだけ言って、【重戦士】は胸を叩いた。己を鼓舞するようにだ。

スキル〈戦士の魂〉だろう。

重ねがけはできないが、一度使うだけで攻撃力が五倍になるという恐ろしいスキルだ。

くるりとバスターソードを回し、女の【重戦士】は躊躇《ためら》わずに突っ込んでいく。

一角オーガが打ち下ろしてくる拳をかいくぐりながら、懐に飛び込むと胴を両断した。

返す刀で、最後の一体の足を切ると、倒れたところを袈裟《けさ》懸けに切り裂く。

なんというごり押し。【重戦士】は攻撃に特化したスキルが目白押しだからな。中でも〈戦士の魂〉は近接系の中でも指折りの、使えるスキルだ。

「重ね重ね、助太刀感謝する」

「大したことはしてないよ」

「いや、助かった。危なくパーティーが全滅するところだった。かたじけない」

丁寧に【重戦士】は頭を下げる。随分と真面目な冒険者のようだ。

そこにちょうど他の冒険者が集まってきた。もう一人の前衛も意識を取り戻したようだ。魔法使いに肩を貸されて、力なく項垂《うなだ》れている。

「見たところ、この辺では見ない顔だな。新人か？」

「今朝メルエスに着いたばかりだ」

「そうか。……何かお礼をせねばな」

「別にいいよ。人助けなんて当たり前だろう」

「おお！　なんという高貴な考え方だ。素晴らしい！　是非お礼をさせてくれ！」

こっちとしては、大したことはしていないというアピールのつもりだったのだが、さらに感謝させただけだったらしい。何より圧がすごい。人懐っこい大型犬みたいに目を輝かせて、すり寄ってくる。

さっきまでバスターソードを振り回して、一角オーガと戦っていた【重戦士】と同一人物とはとても見えなかった。

「じゃ、じゃあ……。ちょっとお願いしていいか？」

「任せろ。そうだ。申し遅れた。私の名前はミュシャ・フリップトン。ミュシャと呼んでくれ」

「クロノだ。よろしく、ミュシャ」

俺はミュシャから差し出された手を強く握り返すのだった。

◆◇◆◇◆

夕方――――。
メルエスに戻ってきた俺は、早速クエスト達成の報告をするため、ギルドを訪れた。

さすがにこの時間は冒険者でいっぱいだ。俺と同じく日の入りとともにダンジョンから帰ってきた冒険者たちが受付に並び、依頼料を受け取っている。併設されている酒場では既に酒盛りが始まっていて、景気のいい声とともに麦酒の泡が宙を舞っていた。

「お！　戻ってきたぜ、ランク〝E〟の冒険者が」

「初めてのおつかいはうまくできまちたかな～？」

「雑草と薬草の区別もついてねぇんじゃないの。がははは！」

「それじゃあ、草むしりをやってきたのと一緒じゃねぇか」

聞き覚えがあると思ったら、朝いた冒険者たちだ。どうやらずっと飲んでいたらしい。

胃袋の頑丈さに呆れていると、やっと俺の番が回ってきた。

「クロノさん、クエストご苦労様でした。採取した薬草を確認させてください」

俺が薬草を入れた袋を広げると、ラパリナさんは中身を精査する。

どうやら鑑定系のスキルを持っているようだ。クラスまではわからないが、ほぼ間違いない。

鑑定が終わると、ラパリナさんは領《うなず》いた。

「はい。問題ありません。ご協力ありがとうございました」

「あと、これも頼む」

俺は薬草が入った数本の薬瓶をラパリナさんに渡した。

一見、普通の薬草に見えるが、薬草よりも微妙に色が濃い。それに葉脈の数が違う。薬草の数は十二本とあるのに対して、俺が見つけたのは十三本と一本多い。

「え？　これ、もしかして上薬草《じょうやくそう》ですか？」

上薬草は薬草の変異種だ。名前の通り、薬草より効きが強く、上級回復薬を作る上では欠かせない素材の一つである。ただし普通の薬草にしか見えないため、多くの者が普通の薬草と勘違いして採取していることが多い。その場合、適切な処置をしなければ、結局薬草と効果は変わらない。

「素晴らしい！　ちゃんと空気に触れないように瓶の中に入れて保存したんですね。慣れている薬師《くすし》ですら、見間違うことがあるのに。すごいですよ、クロノさん」

ラパリナさんの声がギルドに響く。

当然、さっき俺のことを馬鹿にした冒険者たちの耳にも入ったらしい。

俺としては、穏便に済ませたいんだが……。国から命を狙われている身だし。

余計ないざこざには巻き込まれたくない。

「へっ！　どうやら、薬草の知識はあるようだな」

「どうせ、今まで薬草ばかり採取してたんだろ」

「そうにちげぇねえ」

うわ～。めんどくせぇ。明らかに嫉妬だろ、あの反応。

さすがに上薬草はやり過ぎたか。他にもいろいろ採取したのだが、またにしよう。

人が少ないときを狙って、買い取ってもらうか。それが無理なら道具屋に売っ払ってもいいし。

「あら。クロノさん、腰に下げてる道具袋はなんですか？」

「いや、こ、これは……」

「ええ！　見せてくださいよ。もしかして、魔獣の素材だったりして」

「え？」

「もしかして図星なんですか？　だめですよ。魔獣の素材を採ったら、一応ギルドに報告するのが冒険者の義務なんですから」

義務と言われたら仕方ない。俺はラパリナさんに袋の中身を差し出した。

早速、ラパリナさんは鑑定を行う。

「い、一角オーガの角……」

〝ガタッ！〟

ここまで気持ち良く揃った物音を聞いたのは、初めてかもしれない。

椅子に座っていた冒険者は立ち上がり、我関せずと、クエストの手配書を見ていた冒険者も俺とラパリナさんのほうに振り返った。

「おい。嘘だろ！」

「なんで、こいつが一角オーガの角なんか」

「クラス〝I《ワン》〟で、ランク〝E〟の冒険者だぞ！」

「あの一角オーガに勝てるわけが」

冒険者は口々に否定の言葉を並べるが、ラパリナさんの表情は真剣そのものだ。

ランク〝E〟の冒険者が一角オーガの角を持ってきたこともそうだが、その数にも驚いているらしい。

「あのさ。悪いけど、外にも素材を置いてきたんだけど」

「え？　ギルドの外？　何もないようですが……」

「ああ。違う違う。外ってのは、街の外ってこと……」

「へっ？」

ラパリナさんはポカンと口を開けるのだった。


「「「な、な、なんじゃこりゃあああああ!!」」」

それを見たラパリナさんや、勝手に付いてきた冒険者たちは叫んだ。

場所はメルエスの街の外だ。その門の前に置かれていたのは、一角オーガの骨や皮。あるいはラウンドタートルの甲羅が、畳む前の洗濯物みたいに折り重なっていた。

「これ……。全部クロノさんが？」

「ま、まあ……」

「すごい。一角オーガが十四、ラウンドタートルも六匹……」

ラパリナさんは驚きすぎて、ペタリとその場に座り込んでしまった。

「嘘だろ！　絶対に嘘だ。こいつが、こんなに仕留められるはずがねぇ」

「きっと他の冒険者が仕留めたのを横取りしたんだ」

「そうだ！　そうに違いない！」

意地でも俺が仕留めたことを認めたくないらしい。さすがにこっちもムカついてきた。

だいたい横取りって……。一角オーガを十四とラウンドタートルを六匹倒した冒険者から横取りできる実力があるなら、自分で真っ当に獲物を獲ることができるだろう。

さて、どう説明したものか。このままではギルドにまで疑われてしまいそうだ。

「お前たち、その魔獣は間違いなくクロノ殿が仕留めたものだぞ！」

藍色の髪がなびき、夜露《よつゆ》のように光る。

積み上がった魔獣の陰から現れたのは、鎧を纏った【重戦士】ミュシャだ。

眉を寄せ、既に憤然とした表情のミュシャは、集まった冒険者を一睨《ひとにら》みする。

すると遠山の金さんか、はたまた黄門様に睨まれた敵役のように冒険者たちは平伏した。

ん？　これってどういう状況だ？

「ギルドマスター！　お帰りになっていたんですね」

ミュシャに声をかけたのは、例のラパリナさんだった。

「え？　ギル……？　ええっ？　ミュシャって、ギルドマスターだったのか？」

「はい。この方はメルエスのギルドマスター、ミュシャ・フリップトン様です」

ギルドマスターは街にあるギルドの管理者だ。ギルドの運営から、所属する冒険者の管理、必要があれば冒険者の先頭に立って、戦闘に参加することもある。仕事はハードだが、給料はいいと聞くし、目を見張るような実績を積めば叙勲《じよくん》され、貴族になる者もいる。

そのギルドマスターがどうしてダンジョンで戦っていたのか理由を聞いたところ、伸び悩んでいるパーティーからの相談を受けて、実地訓練を行っていたようだ。訓練という割には、かなりハードな状況ではあったけど。

「ラパリナ、どういう状況か説明してくれ」

「はい。マスター。ランク〝E〟のクロノさんが一角オーガやラウンドタートルを仕留めたとは考えにくく、だから他の冒険者の方から獲物を横取りしたのだと、クレームが入りまして」

ラパリナさんが説明すると、ギルドマスターの登場に神妙にしていた冒険者たちが息を吹き返す。

先ほど、ギルドで耳にタコができるほど聞いた主張を繰り返した。

「横取りか……。それが正解であれば、クロノ殿はクラスレベル〝I〟にかかわらず、一角オーガやラウンドタートルを仕留められる冒険者から横取りしたということになるが……？　そのほうが不自然に思うのは、私だけか？」

「でもよ、ミュシャさん！　だったら、そいつがその魔獣をやったところをあんたは見たのか？」

「見てない。だが、彼の戦い方は見た。実にクレバーで無駄がなく、それでいて深い考えが隠されていた。まあ、あからさまに手を抜かれていたところは、癇《かん》に障ったがな」

ミュシャは鋭い視線を俺に向ける。どうやら気づいていたらしい。

「お前たちは横取りしたと言うが、逆に訊こう。お前たちの中で、一日で一角オーガを十体、ラウンドタートル六体倒せる奴はいるか？　そんな化け物じみたことができる冒険者から横取りする自信は？」

ついに全員が黙ってしまった。

参ったな。こんな展開になるとは思わなかった。

路銀が必要だったとはいえ、ちょっと調子に乗って魔獣を倒し過ぎたな。

「それに見てみろ、彼の姿を。これだけの魔獣を倒したのに、傷一つ負っていない。それだけクロノにとって、一角オーガもラウンドタートルも取るに足らぬ相手というわけだ」

言えない。魔獣に毒を打ち込んだ後に、横で昼寝していただけとか。だから、服は全く汚れていないんだとか、とても言えない。

「で、でもよ！　そいつ、ランク〝E〟なんだぜ。クラスも〝I〟だっていうじゃねぇか。そんな奴がこの辺の魔物を倒すなんてどう考えてもおかしいだろう」

「愚か者！　まだわからないのか！」

ついにミュシャは一喝する。

冒険者それぞれを一度睨め付けた後、ミュシャは口を開いた。

「能ある鷹は爪隠すという。……クロノの実力がランク〝E〟なわけがないだろ」

「じゃあ、どうして嘘を……」

「お前たちを試したんだ。ギルド職員を含めてな。そんなこともわからないのか？」

いや！　本当にランクは〝E〟なんだよ！　別に実力を隠して、イキるキャラじゃないんだ俺は！　た、確かに実力は隠しているけど。それはクラスを秘密にしたいんであって。ああ、もう！　ややこしい！　ミュシャ！　もう黙ってくれ！　お前が喋ると、もっと事態がどんどんこじれていってる気がする。これでも国から追われてる身なんだ。目立つのはノーサンキューなんだ。

俺を気持ち良くメルエスから旅立たせてくれぇぇぇぇぇ！

「みゅ、ミュシャ……。あのな」

「はっ！　すまない、クロノ。お前が実力を隠していること、皆に喋ってしまった。申し訳ない。つい熱くなってしまって。……しからば責任をとって、腹を」

やめろ！　てか、切腹なんて誰が教えたんだ。

異世界から来た勇者か？　なんて野蛮な文化をジオラントに持ち込んでんだよぉぉぉおお！


結局、俺はミュシャに切腹を命じた冒険者としてメルエスで有名になってしまった。

その後訳あって、メルエスにはしばらく住みつくことになるのだが、ギルドに行くと、ちょっと弱った問題が起きていた。

「クロノさん、おはようございます」

「お勤めご苦労様です」

「珈琲《コーヒー》を飲みますか？」

「馬鹿野郎！　クロノさんは朝から麦酒《ビール》だろ」

「早くキィンキィンに冷えた麦酒を持ってこい！」

待遇が百八十度どころか、七百二十度ぐらい回転して、変な方向へ向かっていた。

俺はヤクザの親分かよ。

早くメルエスから出ていきたい……。

第二部

第二話

EPISODE.2

◆◇◆◇◆　ティフディリア帝国　◆◇◆◇◆

ティフディリア帝国帝宮……。

綺麗な白亜の城は、その白い姿から別名『天馬宮』と称され、身分問わず国民に親しまれてきた。

五本の尖塔に、高い城壁。何十トンという重く分厚い城門に守られた城は、美しい姿とは裏腹にどこか戦闘的なスタイルをもつ。城の奥から聞こえるのは、皇妃皇女の美しい笑い声ではなく、軍靴の音だ。歩哨があちこちに立ち、鋭い目を光らせている。その物々しい雰囲気はもはや要塞に近かった。

その帝宮の地下に、いくつもの水路が走っていることは、あまり知られていない。

万が一のときに皇族方を逃がすルートとなっていて、その存在を知る者はごくわずかだ。だが、この水路には他にも使い道がある。ざっくばらんに話せば、国民には見せたくない荷を帝宮に持ち込むためである。

今日も、その地下水路沿いにある訓練場に大型の荷物が運び込まれていく。

その訓練場に立つのは、一人の男だ。

諸肌を脱ぎ、さらした筋肉は見事というよりはどこか凶器めいていていた。

無数の古傷や抜糸の痕が生々しく残り、左脇から胸にかけては抉れたような火傷の痕まである。

筋肉は一言でいえば、引き締まっているのだが、現代における最適化された筋肉でも、ジオラントにおいて魔獣相手に自然と身についた筋肉ともどこか違う。

ひたすら人を傷付けるために生まれたような体つきをしていた。

彼の名前はミツムネ・サナダ。クロノと一緒に召喚されてきた異世界人の一人だ。

そのミツムネの前に、大きな虎が真っ二つになって絶命している。

危険度ランク〝A〟のレッドサーベルという凶暴な魔獣だ。

単純な膂力で言うならば、〝A〟ランク最強。炎の属性を持ち、燃え上がる尻尾を鞭のようにしならせ攻撃することも可能だ。大型の魔獣だが、敏捷性が高く、己の間合いに入れば確実に獲物の喉元を食いちぎる瞬発力を持つ。

別名『炎の執行人』。

その毛皮は炎を吸収し、斬撃や打撃を軽減する。攻防ともに優れた魔獣である。

だが、そんな猛獣の牙にも爪にも、血の痕がない。つまりそれは〝A〟ランクの魔獣に何もさせなかったことを意味していた。

ミツムネはレッドサーベルの腹の肉に手を突っ込む。無理矢理、魔結晶をもぎ取ると、即砕いた。

『スキルポイントを獲得しました。スキルレベルを1上げることができます』

『スキルツリー［暗黒剣技］がレベル35になりました』

『幻窓』がレベルアップしたことを告げる。

ミツムネのクラスレベルは既に〝Ⅳ〟に達していた。そこまでレベルが上がると、かなり成長が鈍ってくるのだが、ミツムネの顔に達成感はない。持っていた剣を地面に刺すと、きつく靴紐を結んだ。

そこに皇帝ともう一人の勇者ショウがやってきた。

皇帝は物の見事に真っ二つになったレッドサーベルを見て、鼻息を荒くする。

「素晴らしい！　素晴らしいですぞ、勇者ミツムネ。〝A〟ランクの魔獣をこうも見事に……。素晴らしい。勇者の力とはなんと強大な……」

皇帝は興奮を抑えることなく、目を血走らせながらミツムネを讃える。

隣のショウもパチパチと拍手を送った。

既に彼らがジオラントに召喚されて、一ヶ月経とうとしているが、いまだにショウの姿は現代の衣装のままだった。スカジャンに、野球帽。一昔前の野球小僧みたいに見える。

「すごいや、ミツムネくん。今、何レベル？　この前、クラスレベルが〝Ⅳ〟になったんだよね。じゃあ、スキルツリーの合計レベルは90を超えてるってことでしょ？　もしかして、１００を超えたとか？　すっげ！　マジすごいじゃん！　一番乗りだ。あーあ、僕なんてまだクラスレベルは〝Ⅲ〟で、スキルツリーの合計レベルは78なのに。差が開く一方だよ」

子ども故の純粋さからか。ショウが胸に浮かんだ嫉妬心を包み隠さず吐露すると、ミツムネは地面に刺していた剣を握り、間髪容れず振るう。暴力的な剣閃は、そばにいたショウの首の付近を容赦なく通り抜けていった。

だが、既にショウの姿はない。

気配に気づいたときには、ミツムネの後ろに立っていた。

「やだなあ、ミツムネくん。僕たち勇者で、ともに敵と戦う仲間じゃんか。そんな風に剣を向けるなんて…………えっと、シンガイだっけ？　まあ、つまりはそういうことだよ。もっと仲良くやろう、同じ勇者同士さ」

「黙れよ、クソガキ。どっかの誰かさんみたいに病院送りにされたいのか？」

ミツムネは振り返り、再び剣をショウに向ける。

しかし、構えた瞬間にはもう――ショウはミツムネの背後に再び立っていた。

「だめだよ。君でもボクは捉えられない」

さらにミツムネは剣を繰り出す。

まさに神速とも言える剣筋は、確実にショウの急所に届いているのだが、ことごとく空を切る。

やがてショウの姿は、ミツムネの背後――二十歩分離れた場所に忽然《こつぜん》と現れた。

「その誰かさんなんだけど、死んじゃったんだって。異世界は怖いね。ボクたちも気を付けないと」

「興味ねぇよ。……おっさん！　俺たちをいつまでこんなかび臭い所に閉じ込めておくつもりだ」

「もうしばしお待ちを、ミツムネ殿。舞台が整い次第、盛大にお披露目をさせ……」

ドンッ！

爆発音が響き、地下が揺れる。

濛々《もうもう》と巻き上がる煙の中から、大きく抉れた地面が露わになった。

ミツムネが持つギフト『あんこく』は、既にレベルⅢに達している。

その威力は以前、クロノに向けたときの比ではない。

そばで見ていた皇帝が呆気《あっけ》に取られる。股の下には何やら水気が滴《したた》っていたが、皇帝は憧憬《しょうけい》の念を抑えられず、ただ一言「素晴らしい」と呟いた。

「お披露目なんていらねぇ。聞こえなかったか？　オレはここから出たいって言ってるんだよ」

「も、申し訳ありません。すぐに手配させていただきます」

「急げよ。じゃないとお前らの企みの前に、この帝宮をぺしゃんこにしてやるからな」

ミツムネの睨みは、その強さにぞっこんの皇帝を興奮させる餌にしかならない。

それでも頭を下げたティフディリア帝国の君主は地下から出ていく。

「ボクは別に外とかどうでもいいかな？　ここの暮らしは割と気に入って――」

再び剣閃が走る。今度こそショウを捉えたかと思ったが、やはりいつの間にかミツムネの背後に立っていた。それも四十メートルほど離れた場所にである。

その驚異の移動方法にミツムネは眉を顰《ひそ》めるばかりだ。

「だったら、ガキはガキで大人しく留守番でもしてろ」

「そうさせてもらうよ。じゃあね、ミツムネくん」

息を飲むような攻防を繰り広げたにもかかわらず、ショウはまるで夕方のチャイムを聞いた子どもみたいに気さくに手を振る。直後ミツムネの視界から消えてしまった。

ついにミツムネが一人になるかと思われたが、地下の闇の奥から叫び声が聞こえてくる。

今度は、二体……。それも魔獣ではない。人だ。何か薬物でも打っているのだろう。半分正気を失い、譫言《うわごと》のような言葉をブツブツと繰り返している。すると突如として筋肉が巨大な猪のように膨れ上がった人間が、狼のように走ってきた。

「へぇ。今度の相手は退屈しなさそうだな」

剣を握り直すと、ミツムネは半分魔獣と化した人間に向かって、走り出すのだった。

◆◇◆◇◆

さて、当面の目的はティフディティリア帝国から出ていくこととして、俺自身のことだ。

さすがに【大賢者】のクラスレベルを〝Ⅰ〟のままにしておくわけにはいかない。

クラスレベル〝Ⅱ〟になれば、スキルや魔法を覚えられ、戦術の幅が広がる。

【大賢者】のクラスレベルを上げるためには、『悟道の書』という魔導書が必要だ。

魔導書とは『賢神の書』とも言われ、神がしたためたと言われている。読むだけで書かれていることの全てを理解でき、クラスアップに必要な身体に作り替えられる。魔導書はクラスによって違い、例えば【剣士】ならば『伍臨《ごりん》の書』、【暗殺者】なら『叢雲《むらくも》の書』という感じだ。

前にも言ったが、昔は道具屋に売っていたのだが、今は国が一括管理しているらしい。民間でも一部のマニアが所持していて、そのほとんどが貴族とされている。どうやら例の五十年前の反乱が関係しているようだ。

クラスレベルが上がらないのも心配の種だが、俺としては千年前にはなかった『ギフト』というスキルも気になっていた。

ギフト『おもいだす』で俺は賢者としての自分をまさしく思い出すことができたわけだが、このギフトはただ単純に千年前の記憶を呼び起こすだけのものなのだろうか。それに『おもいだす』といっても、記憶が完全に戻ったわけじゃない。あくまで予想だが、ギフトのレベルが上がれば、封印されている記憶が開示されるのではなかろうか。つまりこの旅は俺自身を取り戻すためでもあるのだ。

「けれど、このギフトのレベルを上げる方法がさっぱりわからん！」

一旦ギフトのことは脇に置いて、俺はクラスアップに狙いを定めることにした。そのためには魔導書が必要だが、帝国で見つけるのは難しいだろう。なら隣国ルーラタリアに渡って探すのも悪くない。前にも言ったが、向こうには巨大な図書館があるらしいからな。

そうと決まれば、早速国境通過書を発行してもらうことにしよう。


「は？　三ヶ月待ち⁉」

俺はメルエスの中にある国境通過書の発給所に来ていた。

帝都よりもメルエスならば申請が通りやすいと馬車の中で聞いたのだが、三ヶ月待ちと聞いて、耳を疑った。ショックを受ける俺を見て、猫の亜人族の受付は「ごめんなさいねぇ」と肉球のついた手を合わせて謝罪する。

「前はそんなことはなかったのよぉ。でも最近、領主様が替わってねぇ。申請には領主様の判子が必要なのだけど、怠惰なのか仕事が嫌いなのか、とにかく気分屋で申請作業が滞っているのよ。まあ、前科持ちでもなければ通ると思うから、観光がてら待っててちょうだい。田舎だけどメルエスはいいところよん」

こうしてティフディティリア帝国を脱出する算段がパーになってしまった。

まさか異世界に来てまで、お役所仕事とは……。魔法社会でも紙の前では無力なのだな。

仕方ない。ギルドの依頼を受けて路銀を稼ぎつつ、時間を潰すか。

「ごほん！」

ギルドを出て、トボトボと通りを歩いていると、エラそうな咳払いが聞こえた。

大通りに人だかりができている。その中心には演台に乗った男が集まった民衆に向かって、演説を始めようと準備していた。

瓢箪《ひょうたん》みたいなでっぷりとした体型に、エラそうなちょび髭。いかにも高価そうなネックレスや指輪をジャラジャラと着けていて、着ている物も天鵞絨《ビロード》のような滑らかな生地が使われている。

体型が似ているからか。ついつい皇帝のことを思い出してしまった。

「我が輩は先頃、メルエスの領主となったレプレー・ル・デーブレエス伯爵であーる」

あいつが領主か！　仕事もせずにこんなところで何をやってるんだ？

「下々の者よ。我が輩はそなたらに娯楽を提供しにきた。うんうん。くるしゅうない。くるしゅうないぞ。さて娯楽とは何か。ふふふ……。聞いて驚くがいい下民よ。それは剣闘試合であーる」

俺だけではなく、他の民たちも『剣闘試合』という言葉を聞いて首を傾げていた。

どちらかと言えば、メルエスは田舎だ。そういう派手な興行は珍しいのだろう。

「腕に覚えのある者たちを集め、一対一で戦ってもらう。武器は剣に限らぬ。槍、鎚《つち》、斧《おの》、双剣、弓、なんでも良い。ただし攻撃魔法は禁止だ。我が輩は魔法を好まぬのであーる」

最初は貴族の戯言《たわごと》と聞いていた民たちも、目を輝かせ始めた。

さらに次の言葉を聞いて、一気に熱が広がっていく。

「気になるのは賞金であろう。当然、優勝者には豪華な褒賞を下賜するものとする。賞金は金貨三百枚。むろんティフディリア金貨であーる」

なかなか破格の賞金だ。

現代でいうところの、三百万円といったところか。現代の感覚で言うなら、三百万で命を賭ける人間は少ないだろう。でも、ここはジオラントだ。命の値段なんて、現代の日本に比べればずっと安い。三百万といえど、命を張るには十分な額なのだ。

実際、野次馬の中から「のった！」「俺も参加するぜ！」と威勢のいい声が聞こえる。

だが、俺にとって本題はここからだった。

「加えて副賞を与えよう。我が輩はとても本が好きだ。愛していると言っても良い。我が家には三千冊の蔵書があって、どれも我が輩の宝物だ。その本を一冊、どれでも良い。優勝者に進呈しよう。本に興味のない下々も少なくなかろうが、我が輩のコレクションの中には、導きの星4以上にクラスアップさせる貴重な魔導書もあーるぞ」

「その中に『悟道の書』はあるか？」

俺は人垣を縫って、デーブレエス伯爵の前に出る。

「ほう。下々の者にしては、珍しい魔導書の名前を知っているのう。あれはもうここ千年生まれていないクラスのクラスアップに必要なものだというのに。だから我が輩も集めるのには苦労したのであーる。それを知るお主はもしや……」

しまった！　つい魔導書と聞いて、熱くなってしまった。

探している魔導書の名前を出すということは、俺のクラスを言っているようなものじゃないか。

「もしや、お主も我が輩と同じ、魔導書のマニアでは？」

「え？　あ、ああ……。そ、そうなんだ。珍しい魔導書を集めていてな」

「かっかっかっ。なるほど。そういうことか。だが、あれは我がコレクションの中でも珍品中の珍品だ。おいそれと人に見せるわけにはいかないのであーる。欲しければ勝ち上がるのであーる」

目を細めて、不気味な笑みを浮かべる。

「そして剣闘試合といえば、やはり気になるのは賭け事であろう。もちろん、あるぞ。胴元は我が伯爵家が責任を持って執り行うのであーる。公平にズルなし。もちろん、我が輩も参加するぞ。振るって参加してくれ」

賞金に賭け事と聞けば、刺激に飢えているメルエスの民が盛り上がらないはずがない。

デーブレエス伯爵の巨体が馬車に押し込められるまで、民衆の賛美の声は途絶えることはなかった。

「こんな形で『悟道の書』の所在がわかるとはな」

どうする。クラスアップはルーラタリア王国を訪れてからと考えていたが、デーブレエス伯爵の話を聞く限り、『悟道の書』は相当なレアな魔導書という位置づけらしい。となれば、この先のルーラタリア王国で見つかる保証はない。

この機を逃す手はないと思うが、クラスとして圧倒的に不利だ。

剣闘試合が開かれるのは一ヶ月後とのことだが、その期間を利用して付け焼き刃の剣術を習ったところで、優勝は難しいだろう。

「クロノ殿」

声をかけてきたのはミュシャだった。

買い物帰りらしく、紙袋には食料がいっぱい入っていた。さらに鎧姿ではなく、私服だ。鎧姿も凛々《りり》しいが、私服姿もなかなか新鮮味があっていい。むしろ私服のほうが俺の好みだった。

「クロノ殿、あまりジロジロ見ないでほしいのだが」

「すまん。……ところでミュシャ、今の話聞いていたか？」

「ああ。もちろん参加するぞ。クラスアップの魔導書は貴重だからな。特にクラス〝Ⅳ〟になるための魔導書はかなり稀少だ。普通の市場では出回っていないからな。強くなるための好機だ」

【重戦士】はクラス〝Ⅲ〟ぐらいまでなら、道具屋などで取り扱っている魔導書でクラスアップできる。だが、クラス〝Ⅳ〟以上となると、市場にはなかなか出回らない上級魔導書が必要となるため、どうしても成長が止まってしまう。だからミュシャにとっても、今回の剣闘試合は上級魔導書を獲得する最大のチャンスなのだ。

ミュシャに大金を渡して、優勝した折に『悟道の道』を譲ってもらおうかとも考えたが、さすがに無理そうだ。

「クロノ殿は出場しないのか？」

「クラス的に難しいんだ。あまり剣術は得意じゃないし」

「そうだろうか？　私にはそうは思えないのだが……」

「お世辞はいいって。でも、俺も魔導書は欲しいんだよなあ」

「ならば、剣技を得意とする奴隷を雇ってはいかがかな？」

奴隷……。なるほど。その手があったか！


現代世界で奴隷と聞くと、ネガティブな意味合いで使われるが、ジオラントでは立派な労働力として一般的に認知されている。奴隷に対する不当な扱いや、本人の意思を無視した取引などを禁止する法律があって、一応の人権が保たれていた。

とはいえ、グレーゾーンもあって、奴隷を不当に従え、悪い商売をする奴隷商も少なくない。

たとえば奴隷商に管理されている間は人権を守られるが、顧客の手に渡った瞬間からその限りではなくなる。奴隷をどう扱うかはその顧客が決めることで、奴隷商は顧客のニーズに応えた商品を勧めるだけだからだ。一応の人権があっても、搾取されていることには変わりはない。

その最たる例が『服従の血判』と言われる魔導刻印である。これによって奴隷は主人の言うことを絶対に聞かなければならなくなる。可哀想《かわいそう》と思われるだろうが、この刻印が使用される前までは、奴隷の夜逃げや、奴隷による主人の殺害などがあちこちで起こっていた。

『服従の血判』はあくまで顧客を守るためなのだ。

「ここか……」

俺はメルエスの郊外にある奴隷商のテントの前に立っていた。

テントの中の空気はお世辞にも良くはない。檻《おり》が無造作に置かれ、中には人や獣人たちが眠っている。しかし血色は悪くない。実はミュシャから奴隷を勧められ、様々な奴隷商の商店を見て歩いたが、ここが一番まともそうだ。

あれから五日ほど経ったが、目当ての人材は探し出せていない。刻々と剣闘試合の日時が近づいてきており、さすがに俺の表情にも焦りの色が浮かび始めていた。

「何かお探しですか、旦那様？」

振り返ると、小柄な男が立っていた。

黒眼鏡に、黒のシリンダーハットと黒のタキシード。これでパイプでも吹かしていようものなら、まるで産業革命時の英国紳士そのものだ。

男はピエロみたいに笑うと、気前良くステッキを回しながら、俺に近づいてくる。

最後に帽子を取って、深々と頭を下げた。

「わたくし、ゾンデ・マンデーと申します。ここの店長をやっております」

「あんたが店長か？」

「はい。それで、旦那様？　今日はどのような奴隷をお探しでしょうか？　今なら、あちらの娘がお買い得ですぞ。お若く、精力に溢れた旦那様にはピッタリかと」

ゾンデが示したのは、若い女の奴隷だった。

粗末な麻布の服の横から、たわわに実った横ち……ごほん。これ以上はやめておこう。

これでも俺は紳士なんだ。

「悪いが、そういうのは間に合っているんだ」

「残念。お似合いと思いましたのに。彼女はなかなか尽くすタイプですよ」

しつこい。まあ、奴隷商なんてだいたい商魂たくましい奴らばかりだ。

いちいち気にしていたら、こんなところで買い物なんてできないだろう。

「【剣士】、あるいは【戦士】系のクラスを持つ奴隷を探している」

俺の場合、異世界召喚と一緒に付与されたクラスだが、一般人は職業神殿と呼ばれる神殿に出向くと、クラスが付与される。六歳から可能で、奴隷にも付与可能だ。変更する方法はあるにはあるが、基本的に一度付与されたクラスで生涯を終えることが多い。

「そうですな。こちらなんていかがでしょうか？」

いくつか体格のいい奴隷を紹介してもらったが、ピンとこない。

別に顔で選んでいるわけじゃないが、ミュシャのあの凄まじい剣技が頭によぎると、どんなに屈強な体格をしていても、勝てるイメージが浮かばなかった。奴隷ならば俺のために働いてくれると安易に考えたが、ミュシャに勝てる人材となると相当難しい。ちょっと虫が良すぎたかもしれない。

「まだ奥があるのか……」

「あっ。旦那様、そちらは」

気になった俺は奥へと進む。そしてある檻の前で立ち止まった。

ただの檻ではない。格子の太さも、屋根や床の厚みも他の奴隷が入っていた檻とは一線を画す。おそらく猛獣用の檻だろう。

ドラゴンでも入っているのか思いきや、中で丸まっていたのは小柄な少女だった。

他の奴隷同様に麻布の服を着た真っ白な肢体に、否でも応でも目を引く緋色の髪。頭にぴょこりとついた三角形の耳がピクピクと小刻みに動いていて、いかにも柔らかそうなモフモフの尻尾が寝返りを打つたびに翻っている。

「緋狼族か」

緋狼族は「獰猛なる孤狼」といわれる、伝説の獣人だ。

人が決して立ち入れないような山深い場所を住処とし、あらゆる種族と関係を断って、生活する孤高の一族である。一度その逆鱗に触れれば、風のように地の果てまで追いかけ、林のように静かに近づき、そして炎のように相手を圧倒するという。実際、ある国の王が緋狼族の子どもを見つけて連れ去った結果、一族の怒りを買い、一夜にして国を滅ぼされたという逸話まで存在する。

膂力に優れ、足に優れた彼らは、まさに戦うために生まれてきた戦闘種族なのだ。

「よくご存知で」

「あ、ああ……。昔ちょっとな」

一般的にはあまり知られていない幻の種族を、なぜ俺が知っているのか。

それは昔仲間に緋狼族がいたからだ。だから少女を見たとき、真っ先に仲間の顔が思い浮かんだ。

俺とゾンデが檻の前に立つと、耳をピクリと動かし、目を覚ます。

浅黄色の瞳がこちらを向く。悲愴感の漂う目に、はっと心が打たれたような気がした。

「旦那様、申し訳ありませんが、そちらは売り物ではございません」

「売却済みってことか？」

「いえいえ。そもそも売り物にならないのです。容姿こそ可愛げですが、こちらは緋狼族と申しまして、一夜にして国を滅ぼした伝説の……」

「それは知ってる。なら尚のことなぜ売り物にしない？　珍しいというなら買い手がすぐに付くだろう。もしかして、あんたのコレクションとか？」

「いいえ。……わかりました。それではこれをお見せしましょう」

ゾンデはポケットの中からハンカチを取り出す。それを緋狼族の少女の檻の前で広げてみせた。ハンカチには魔法陣が刺繍されている。『服従の血判』を刻印するための簡易的な魔導具のようだ。

ゾンデは緋狼族の少女に、この魔法陣の上に手をかざすように指示する。少女は何をされるのかわかっているのだろう。恐る恐る手をかざした。次の瞬間、血のように赤い魔力が少女の中に流れ込んでくる。

「ううう……。ああああああああ……」

緋狼族の少女は呻《うめ》く。『服従の血判』の魔力は、彼女の体内を蛇のように這い回り続けると、最後に首を絞めるように定着した。少女の首に、蛇を模した鎖のような紋様が浮かぶ。『服従の血判』は完了した。これで彼女はゾンデの言うことに絶対服従しなければならなくなる。

直後、少女の瞳が燃えるように赤く輝いた。硝子《ガラス》が割れるような音を立てると、蛇の紋様が消える。

それは『服従の血判』の能力が消滅したことを意味していた。

「非常に申し上げにくいのですが？　この子のクラスは【獣戦士】でして」

「【獣戦士】!?」

導きの星5。

つまり、俺の【大賢者】やミツムネの【暗黒騎士】に匹敵するレアクラスだ。

攻撃特化のスキルを獲得できる導きの星3のクラス【バーサーカー】。【獣戦士】はその【バーサーカー】の完全上位互換で、自身を強化する強力なスキルを覚えることができる。さらに使役した魔獣を使って攻撃させたり、遠くの場所を索敵させたりするスキルなどもあって、汎用性も高い。

潜在能力の高い緋狼族に、【獣戦士】から受ける能力値補正、さらに超攻撃型のスキル。最強の組み合わせと言ってもいい。なるほど。特別分厚い檻の中にいる理由もわかった気がする。

「すごいじゃないか。レアクラスだぞ」

「はい。ですが、売り物としては少々厄介な代物でして。クロノ様は【獣戦士】のスキルがどんなものか知ってらっしゃいますか？」

「ああ。【バーサーカー】と【魔獣使い】を足したようなクラスだろ……」

そうか。ゾンデが青い顔するのもわかった気がする。

【獣戦士】には【バーサーカー】と同じく、〈鬼人化〉というスキルがある。

初期から会得しているスキルながら、基礎能力を三倍にするという破格の効果を有する。一方で使えば理性を失い、敵味方関係なく攻撃するという欠点がある。さらにそれまでかかっていた魔法の効果の全てを消滅させてしまうという、厄介な性質もあって、使いどころが難しいのだ。

「そうか。〈鬼人化〉を使った瞬間、『服従の血判』の効果も消えてしまうのか」

「左様でございます。正直、そのような欠陥商品を旦那様方に売るわけにもいかず」

「なるほどな。運良く買い手が付いたとしても、今のように檻に入れられ、愛玩獣人として虐待されるか、戦場のど真ん中に放り出して、死ぬまで暴れさせるか。そんなところか」

むしろ、そんな不良債権をこんな特注の檻まで作って、大事に抱えていたゾンデにも驚きだ。手がかかる子どもほど……なんて言うが、接しているうちに意外と親心がついたのかもしれない。なりは不審人物でも、性根は真っ直ぐな人間なのかもな。

「親元には……？」

「それも考えたには考えたのですが、どうやらこの緋狼族の娘は里から追放されたようでして」

「だいたい想像が付くな。里の中で暴れ回ったのだろう」

たぶんスキルの使い方をよくわかっていないのだ。さっき『服従の血判』を消滅させた方法も、本能的に覚えたのかもしれない。やはり惜しいな。埋もれさせるには勿体《もったい》ない人材だ。一ヶ月でも磨けば、剣闘試合の上位……いや、優勝だって夢じゃない。

それにこの少女の目は、暗い部屋の中で引きこもっていたかつての黒野賢吾《おれ》にそっくりだった。

『ギフト「おもいだす」の条件に合致する対象が近くにいます』

『ギフトを使用しますか？　Ｙ／Ｎ』

唐突に『幻窓』が開いた。

ギフトを……使用する⁇　『おもいだす』は俺専用のギフトじゃないのか。

待てよ。こう考えられないだろうか？

俺が前世の記憶を取り戻したように、少女にもなんらかの前世の記憶があると仮定する。

つまり、『おもいだす』とは、その人間の前世の知識や才能を呼び戻すギフトだとしたら……。

俺は檻に向かって手を差し出す。危害を加えられると思ったのだろう。それまで大人しかった少女は突如唸り声を上げて、俺を睨んだ。

「うがががが……」

「怒るのも無理ないな。待たせてすまない。俺が解放してやる」


お前のあるべき記憶を……。


俺ははっきりと言葉を口にした。

「YESだ」

『ギフト「おもいだす」の起動が承認されました』

『条件対象に対して、「おもいだす」を使用します』

次の瞬間、俺たちを中心に光が満ちていく。

発動されたギフト『おもいだす』の光の帯は、その身体の中を泳ぎ、躍動する。

まるで緋狼族の少女が作り替えられていくように俺には見えた。

「うがっ！　がががががが……」

「大丈夫だ。しばらくすれば慣れてくるよ」

最初こそ頭を抱えてのたうち回ってきたが、やがて表情が安らかになっていく。

同時に光は徐々に収縮し、しばらくして元の状態に戻った。

『ギフト「おもいだす」が完了しました』

『少女は、前世の記憶を思い出しました』

少女は檻の中でゆっくりと起き上がると、突如格子を掴んだ。

顔を上げ、こちらを見た瞳が赤くなっていることに気づく。既に〈鬼人化〉が発動していた。続けて少女は太い格子を握ると、あっさりねじ曲げてしまった。ちょうど人一人分ぐらいの隙間を作ると、ついに少女は檻の外へと出てくる。

低く喉を鳴らすと、少女は俺に飛びかかった。

「あ～～～～～る～～～～～じ～～～～～～～!!」

俺は少女に引き寄せられると、優しく抱きしめられる。

「あるじ～！　あるじ～！　良かった！　また会えた！」

「やっぱりな。久しぶりだな、ミィミ……。というか、俺だってよくわかったな」

「だって、あるじの匂いがするんだもん」

匂いって……。この身体は昔の【大賢者】のものとは違うんだがな。

さすが伝説の獣人。人の認識の仕方が斜め上過ぎる。

そう。少女の中にあったのは、俺が千年前、ともに魔王を討つために戦った仲間の記憶だ。

名前はミィミ。ちなみに元奴隷。それを俺が拾って、一から育てた。その恩義があって、ミィミは俺を「あるじ」と呼んで生涯尽くしてくれた。

そのあるじとの千年ぶりの再会だからか。ミィミは雪を見た犬みたいに大はしゃぎする。

「ミィミ、聞いてくれ」

「どうしたの、あるじ?」

「またお前の力を借りたい。具体的に言えば、剣闘試合に出て、優勝してほしい。そこには俺が今必要としているものがある」

ミィミは満面の笑みを浮かべ、胸を叩いた。

「任せて、あるじ! ミィミ、絶対優勝する!」

「ミィミ……。ありがとう」

これで勝利のピースは揃った。

剣闘試合まであと一ヶ月。その間に仕込めば、ミィミなら必ず優勝できるだろう。

ホッとしたのもつかの間だった。突然、また『幻窓』が開く。

『ギフト「おもいだす」のレベルアップ条件をクリアしました』

『ギフト「おもいだす」のレベルがⅡになりました』

いきなりギフトがレベルアップした。

条件？　そうか。ギフトをレベルアップさせるためには、開示されていない条件を見つけて、それをクリアすればいい。この場合、誰かの記憶を思い出させることが、レベルⅡにする条件だったんだな。

「あるじ、どうしたの？」

「ギフトのレベルが上がったらしい」

「ギフト……？　ギフトならミィミにもあるよ」

「ミィミにも？　なんてギフ……、あ、いや後で聞こう」

ギフトは言わば秘密兵器だ。あまり人前で話すのは得策とは言い難い。

「いやはや、あのミィミをここまで手懐けるとは……。お見それしました、クロノ殿。どのような魔法を使ったのですかな？」

俺と腕を組み、満面の笑みを見せるミィミを見て、ゾンデは固まっていた。

これまでまともに喋ることすらなかった獣人の娘が、いきなり天真爛漫な少女として檻から飛び出てきたのだから無理もないだろう。

「まあ、信頼が為せる業ということで」

「はっはっはっ……。企業秘密というやつですかな。いいでしょう。初めて会ったとき、もしかしたらあなた様ならと期待しておりました。奴隷商の勘というやつですな」

それは嘘だろ。今日会ったばかりだぞ。

まったく商人ってのは調子のいい奴らばかりだ。

「それでミィミの身請けの話なんだが……」

「そうですなあ。ミィミにはかなり世話をしてきましたし、投資もしてきました。わたくしも奴隷商です。サービスして差し上げたいところですが、少々シビアな査定をしなければなりません」

引き取り手のなかった問題児を身請けするわけだから、あわよくば無料なんてこともあり得ると思っていたが、ゾンデにその気は全くないらしい。鼻唄を歌いながら、算盤《そろばん》のような演算器を弾《はじ》いていた。

「それでは金貨三百枚でいかがでしょう。それも全てティフディリア金貨で」

「金貨三百枚って……。剣闘試合の優勝賞金と同じなのは偶然か、ゾンデ」

「こちらも商売でして。緋狼族……、しかもレアクラス持ちの奴隷を二束三文で売りつけては、商人の名折れです。他の奴隷商にも迷惑をかけることにもなりますので」

「つまり賞金を寄越せってことか？　俺たちが優勝できなかったらどうするんだよ？」

「そのときにはミィミは返してもらいます。ですが、もちろん優勝なさるのでしょう？」

それで発破をかけているつもりかよ。

奴隷商が仕掛けた導火線に見事引っかかったのは、当のミィミだ。

「うん！　絶対優勝する！　それで……、今までお世話になったお返しする」

「ミィミ、今までのことを覚えているんだな」

「覚えてるよ。ゾンデにはとってもお世話になった。だから、ここでお世話になった分を返す。だから、ミィミは絶対に絶対、優勝する」

ミィミがゾンデの手を握る。ゾンデは呆然としていたが、顔は赤くなっていた。

商売一筋かと思えば、やっぱり根はいい商人なのだろう。

これで剣闘試合に必ず出なければならなくなった。

ミィミを引き取るためにも、優勝は絶対条件だ。

そのために、最高のサポートをしよう。


と思っていたのだが……。

ぐるるるるぎゅうぅぅぅぅうううう！

ドラゴンの嘶《いなな》きか、トロルの叫び声か。盛大な音が街の通りに響き渡る。

魔獣襲来かと勘違いして、地面に伏せる市民の姿もあったが、特に何も起こらなかった。

お腹を押さえていたのは、ミィミである。

「あるじ、お腹空いた」

「やれやれ、その前に腹ごしらえのようだな」

俺は苦笑するのだった。

◆◇◆◇◆

ミィミを連れてやってきたのは、俺が泊まっている宿だ。

相場よりも少し高いが、オープンスペースのキッチンがあって、宿泊者なら誰でも使える。

そこで俺は毎日自炊をしていた。料理の腕前は現代にいた黒野賢吾こそからっきしだが、千年前はよく作っていた。そのときの料理を再現してもいいのだが、味覚は現代のままだ。おかげで、ジオラントの料理があまりうまいと思えなくなってしまった。そもそも全体的に薄味だし、出汁の文化がないから味が単調なのだ。

それに気づいて以来、キッチンが使える宿に泊まって、自炊を続けている
「いい匂い……。あるじ、何を作ってるの？」

「ホットサンドだ」

「ホットサンド？」

「パンとパンの間に、具材を挟んで食べる料理のことだな。ちなみに今日の具材はトンカツだ」

「トンカツ？　何それ？　おいしそうな名前！」

ミィミは目を輝かせる。口の端からは涎が垂れていた。

俺はホットサンド用に改良したスキレットを裏返す。改良というと大げさな言い方だが、要はスキレットを二つ重ねているだけだ。

火加減に注意しながら、じっくりと焼いていく。

ジオラントはガスじゃなくて、直火が基本だ。ちょっと目を離した隙に真っ黒焦げである。

焼き上がったホットサンドを皿に盛り、最後に半分に切ってミィミの前に差し出した。

「できたぞ、ホットカツサンドのできあがりだ！」

「おお〜。おいしそう〜〜」

ミィミは尻尾を勢い良く振る。目を輝かせ、何度も唾を飲み込んだ。

いい飯顔だな。そういう顔されると、作りがいがあるというものだ。

「食べていい？」

「ああ。もちろん」

「いっただきます」

ミィミは大口を開けて、熱々のホットサンドにかぶりついた。

「う〜〜〜〜〜〜ん！　おいしい！　外のパンはカリカリ。キャベツはシャキシャキ。ト・ン・カ・ツ、じゅわ〜って感じで最高！」

しあわせ〜〜。

ミィミの尻尾が壊れたメトロノームのように振れる。お気に召したようで何よりだ。

終始ニコニコしながら、俺が作ったホットサンドとセットの蜜柑ジュースを啜っていた。

カツサンドはそのままでもおいしいけど、俺はホットサンドにして食べるのが好きだ。

外側のカリッとしたパンの食感と、衣のサクッと感が合わさって、大きなトンカツを食べているようなボリュームを感じる。

さらには挟んだキャベツにも、俺なりのこだわりがあった。一度塩を揉み込み、水分を出して、軽く植物油で和えてある。一手間を加えることによって、キャベツから水が染み出しにくくなるのだ。

普通に焼くと、キャベツの水分でパンもカツの衣もビショビショになってしまうからな。

「さて、俺もいただくとするか」

「ジー……」

「おい。ミィミ、なんだその目は……」

「ジー……」

「や、やらないぞ。これは俺のだ」

ホットサンドは見た目から想像できないが、結構ボリュームのある食べ物だ。

食パン丸々一枚に、さらにトンカツとキャベツ。少なくとも俺の腹は十分それで満たされる。

なのにミィミは今から俺が口にしようとしているホットサンドから目を離そうとしない。

なんという食の執念……。というかこのやりとり、千年前もしたような気がする。

「わかった。ほらよ」

「ありがとう、あるじ。……はむ！　はむはむはむはむ……う〜〜〜ん」

あっという間に食べてしまった。ものすごい食欲だ。ミィミに投資した分を回収したいというゾンデの気持ちが、今ならわかる気がした。

第二部

第三話

EPISODE.3

◆◇◆◇◆ 誤算 ◆◇◆◇◆

「陛下！　フィルミア陛下!!」

帝宮の廊下を歩いていたフィルミア・ヤ・ティフディティリアは足を止めた。

秘書や政務官、さらに警護する近衛兵たちに囲まれたティフディティリア帝国の君主は、何事かと振り返り、目を細める。息を切らし、少々慌てた表情を浮かべていたのは、この国の内大臣だった。その仕事は帝宮から国内の管理と幅広く、さらにその諸問題を吸い上げ、皇帝に報告するというものだ。

その大臣は人払いを促した後、近くの使われていない客間で、皇帝陛下と密談を始めた。

「陛下。あの勇者をどうするおつもりですか？」

「勇者？　ミツムネ殿のことか？」

「恐れながら陛下。彼は危険すぎます」

「だからこそ強い。違うか？」

皇帝の目が光る。その鋭い眼光から目を逸らしながら、大臣は汗を拭った。

「ひ、否定はしません。ですが、素行が悪すぎます。私の耳に入ってくる噂だけでも頭が痛くなるものばかりです。この前など、騎士団と喧嘩した挙げ句、三人死傷させました。陛下はそれをお許しになられたとか」

「何か問題でもあるのか？　勇者様の話では、騎士団側から喧嘩をふっかけたというではないか。にもかかわらず、その者たちは勇者様の前に敗れ去った。つまり、勇者様より弱いということだ。そのような弱き騎士など、ティフディリア帝国には不要だ」

「それだけではありません。あのミツムネに与えている〝A〟ランク以上の魔獣を運送するコストがかかりすぎです。既に三つの治水事業を完了できるほどの費用がかかっております。どうかこれだけでもお考え直しください。ロードル管理官にバレたら……」

「だめだ。……勇者様が欲しているかぎり、必要なものを与える。それだけだ」

「恐れながら、陛下。正気にお戻りなさいませ。帝国には問題が山積しております。ルーラタリア王国から借り受けた貴重な魔導書を盗んだ下手人の所在もわかっておりません……。これがかの国に知られたら外交問題となりましょう。勇者にかまけている場合では――」

「ボクたちがなんだって？」

客間に子どもの声が響く。振り向くと、異世界の服を着た少年が壁に寄りかかりながら、こちらを見ていた。部屋に入る際、誰もいないことは確認済みである。一つしかない部屋のドアが開いた様子もない。ただ少年は忽然《こつぜん》と部屋の中に現れた。

「ひぃ！　勇者!!」

反射的に内大臣は仰け反る。大きなお尻を地面につけると、先ほどまで紅潮していた顔はみるみる青くなっていった。そのまま地面に手を突き、内大臣は後ろに下がる。背中に何かが当たって、振り返ると、話に出ていたミツムネという勇者が立っていた。

淡い金髪とは対照的な暗い瞳で、内大臣を覗き込む。

「ひぃいいいいいいいいいいいい！」

半泣きになりながら、内大臣は部屋から退出していく。悲鳴は廊下の角を曲がっても響いていた。

慌てて逃げていく大臣を見て、ショウが尋ねる。

「いいの？　放っておいて」

「構いませんよ、勇者様。要職にあるとはいえ、所詮は宮仕えです。余の言うことには逆らえません。ところで、何か御用ですかな？」

皇帝陛下が促すと、ミツムネは一枚の紙を差し出した。

そこにはメルエスで剣闘試合が行われることと、募集要項が書かれている。

「クソガキが見つけてきた。面白そうだから出てみようと思ってな」

「こんな田舎の剣闘試合など出ずとも、お披露目はもっと盛大に執り行いますのに」

「そうでもないみたいだよ。優勝賞金額が高いのと、ほら……貴重な魔導書が手に入るって書いてある。それ目当てで、隣国からも参加者が集まってるみたい」

「ほう……」

皇帝陛下は少し考えた後、頷いた。

「わかりました。手配いたしましょう」

「話がわかるじゃないか、おっさん」

「ボクはパスするよ。ここから北の国境でしょ？　寒いところは苦手なんだ」

ショウは二の腕をさすり、ぶるりと震え上がるのだった。

◆◇◆◇◆

食休みの後、早速ダンジョンへと思ったが、その前にミィミの装備を整えることにした。

いつまでも奴隷の服のままじゃ、逆に目立つしな。

なので、最初に向かったのは武器屋ではなく、服屋だ
「この子に似合うような服を見繕ってくれないか。予算はこれぐらいで」

金貨三枚を渡すと、最初ぼろぼろの奴隷を店に連れてきた俺を見て、渋い顔をしていた店員は甲高い裏声を響かせ、歓迎してくれた。

「あるじ！　どう？　似合う？　似合う？」

やや前のめりになりながら、ミィミは私服を見せびらかしてくる。

黒のホットパンツに、赤のキャミソール。靴はミィミのしなやかな足を守るため、革のロングブーツを採用し、ちょっと見えそうになっているお腹には大きなバックル付きのベルトを着けた。

首には銀の装飾がついたチョーカー。さらに服を炎から守るレッドバードの羽根がついたアンクレットをサービスでつけてもらう。

「ああ。かわいいぞ、ミィミ」

「えへ……。へへへへ……」

尻尾を振って、めっちゃ喜んでる。

ただ……、ちょっと露出が過ぎるな。本人が気に入っているならいいが、あとでマントをサービスとして付けてもらうか。この姿を万人にさらすのは、さすがに目の毒だ。


次に向かったのはメルエスにある鍛冶屋である。

そこで採寸してもらい、ミィミの武器と防具を作ってもらおうと思っていた——のだが……。

「悪いな、兄ちゃん。今からだと、三ヶ月待ちだ」

「三ヶ月？」

どうやら例の剣闘試合のせいで、メンテナンスや防具の新調などの仕事が殺到しているらしい。

聞けば、メルエスだけではなく、近くの街の鍛冶屋も似たような状況なのだそうだ。

「田舎の剣闘試合なんてそんなに盛り上がらないと思ってたんだけどよ。ほら、あれ見ろよ」

店主は店の貼り紙を指差す。この辺の地方紙の切り抜きのようだが、数行の記事に付随して、魔法で転写された人の顔が描かれていた。見覚えのある顔に先に身体が反応する。忘れもしない。そこに描かれていたのは、勇者ミツムネ——つまり真田三宗《さなだみつむね》だったのだ。

「なんでも皇帝陛下と勇者様が参加されるそうだ。陛下の前で好成績を残して、あわよくばって思ってる欲張り野郎どもが多いらしい。まあ、こっちは仕事が増えて大助かりだけどな」

「皇帝陛下と、ミツムネが……」

【大賢者】としての記憶を思い出した今でも、あのミツムネの顔だけは脳裏から離れない。

暴力を賛美し、正道を憎む——その典型みたいな男だった。

そのミツムネが剣闘試合にやってくる。俺の中で沸々と燃え滾《たぎ》るものがあった。

「あるじ？　大丈夫？　ポンポン痛い？」

「ん？　ああ。大丈夫だよ、ミィミ。すまん。次の鍛冶屋に行こう」

心配そうに見つめるミィミの頭を撫でてやる。

落ち着け。折角、ミィミがやる気になってくれているんだ。今は彼女のサポートに集中しろ。

「クロノ殿ではないか？」

街中を歩いていると、ミュシャに出くわした。先日と違って今日は鎧姿だ。

「ミュシャか。どうしたんだ、こんなところで」

「以前頼んでいた武器のメンテが終わったと聞いてな。今から取りに行くところだ。そっちは……も
しかして奴隷を買ったのか？　それにしてもその娘……」

「まあ、ちょっといろいろとな。うちの秘密兵器だ」

「秘密兵器？」

隠すことでもないと思って、俺はミュシャにここまでの経緯を話した。

「なんと！　その娘を剣闘試合に参加させる、と」

「驚くのも無理はないよな」

「いや、クロノ殿が選んだ娘だ。相当強いのだろう。私にはわかる。ミィミ殿、そなたは既にかなり強いだろう」

「ミィミ、強いよ。とっても強い」

「ほう。それは楽しみだ」

ミュシャは目を細め、睨む。その鋭い眼光をミィミはニコニコしながら真っ向から受ける。

両者は激しく火花を散らした。剣闘試合がまだ先だというのに、血気盛んなことだ。

少年漫画の主人公じゃないんだぞ、お前たち。

「それでクロノ殿。鍛冶屋を探しているのだったな」

「ああ。ミュシャ、何か宛てはないか？」

「あるぞ。穴場の鍛冶屋がな。今からそこに剣を取りに行くところだ。そこならば仕事を請けてくれるかもしれない」

「本当か？　助かる」

こうして俺たちは、ミュシャが世話になっている鍛冶屋に向かった。


ミュシャが向かった先は、メルエスの外だ。さらに北へと歩き、森の中へと入っていく。

鬱蒼《うっそう》と木々が茂る森は暗く、人気《ひとけ》もない。とても鍛冶場があるようには見えなかった。

しばらくして、ミュシャは立ち止まる。

穴だ。ちょうど人が一人入れるぐらいの狭い縦穴が、突如森の中に現れた。見ると、縄梯子《なわばしご》がかかっていて、穴底へ向かって続いている。縄梯子は撚《よ》った縄と一緒に、細い鉄線が入っていてかなり頑丈な作りになっていた。

ジオラントでは、鉄線のような細かい加工品は珍しい。魔法で成形するものは、どれも大きなもので、小さいものはやはり手作業になるからだ。

そして、こういう細かい仕事を請け負う種族が、千年前にも存在した。

「ミュシャ、ドワーフに知り合いがいるのか？」

「さすがクロノ殿だな。この縦穴を見て、すぐに察するとは」

「地下で暮らす酔狂な種族なんて、そんなに多くはないからな」

真っ暗な地下に下りると、そこからは立って歩けるぐらいの横穴が続いていた。

ミュシャは慣れているのだろう。魔光灯を点《つ》けて、ややぬかるんだ地下道を進む。

ドワーフ族は地下を縄張りとする種族だ。全体的に背が低く、歳をとっても子どものような見た目をしていたりする。火と土の魔法に長《た》け、その属性に近いクラスが付与されることが多い。

地下に住んでいるためか、土を掘る技術に優れ、その派生として鍛冶などの仕事を生業としている者が多い。鉱物にも詳しい彼らは、良い鉱石かそうでないかという目利きにも優れ、質の良い道具や武器を作ると昔から評判だ。

千年前、俺たちの活動をサポートする仲間にも、ドワーフがいた。

とてもいい腕をもっていて、当時の俺も、ミィミもとても世話になった。

しかし、ミィミはあまりこの地下がお気に召さないらしい。

「あるじ、ここ臭い。ミィミの鼻曲がりそう」

古い油と、硫黄の臭いが混じった空気に、ミィミは泣きそうになっていた。俺には不快というほどではないのだが、嗅覚に優れた緋狼族のミィミには悪臭以外のなにものでもないのだろう。

しばらく歩くと、金属を叩くような音が聞こえてきた。

さらに進んだ先にあったのは、小さな工房だ。

明かりが一つしかなく、火床の炎の光がユラユラと揺れている。

その金床で一心不乱に刃を叩いていたのは、灰色髪の少女だった。

相当作業に集中してるらしい。俺たちが近づいても、黙々と作業を続けている。

「アンジェ！」

「うわあああああ！　……って、ミュシャさん。来てたんですか？」

地下で大声を上げたドワーフは、ゴーグルとヘルメットをとって、こっちを向いた。

灰被りと呼ばれる髪が揺れる。地下にいながら陽に焼けたような褐色の肌に、やや自信なさげなんぐり眼《まなこ》がこっちを見た――かと思えば、すぐに目を背《そむ》けてしまう。人族に抵抗があるのか、自分に自信がないのか。どこか所在なさげにおろおろしていた。

それは恰好にも表れていて、よく見るとアンジェは自分のサイズに合わせた鎧を着ていた。

ヘルメットと思ったのも、割と分厚い鉄兜である。

「心配しなくていい。後ろの二人はクロノ殿と、その従者ミィミ殿だ。紹介しよう、クロノ殿。私の友達でもあり、剣のメンテナンスを頼んでいる鍛治屋のアンジェリカだ」

「初めまして。アンジェリカと申します。アンジェと呼んでほしいのです」

アンジェはペコッと頭を下げると、すぐさまミュシャの後ろに隠れてしまう。

上目遣いで見られると、ミィミとまた違う、小動物のような愛らしさがあった。

「ちょっと人見知りだが、腕はこの辺りの鍛冶師の中ではピカイチだ。私が保証しよう」

工房にかかっているサンプル品を見ると、確かにレベルが高い。

しかも一般的に流通している鋳造品ではなく、鍛造品だ。つまりは日本刀などに代表されるようなしなやかでいながら、硬く、粘りのある刃が地下の中で光っていた。

俺は一本の剣を取り、ジッと眺める。

「焼き入れも、綺麗にかつ均等に入っている。磨きの技術も見事だな」

「わ、わかるのですか？」

俺の発言は、少しアンジェの興味を引いたらしい。

それまでミュシャの後ろに隠れていた彼女は、半歩前に出て俺に尋ねる。

「特にこの剣はすごいな。しなやかで美しい。何より……」

俺は軽く振る。魔光灯が当たる中で、剣は星屑のように煌《きら》めいた。

剣を振るのは、千年ぶりだ。今は杖だが、昔はよく剣を得物《えもの》にして戦っていた。だが、記憶は蘇っても、身体が替わっては以前のようには動けない。いくらギフトといえど、そこまで都合良くことは運ばないようだ。

俺は何気なしにその場で剣を振るう。

「ん？」

手に馴染む。それに今、身体がほぼイメージ通り動いた気がする。

八割といったところだろうか。筋肉の付き方が昔と違うから、細かい部分まで再現できてないが。

すると、拍手が聞こえてきた。

「すごいです、クロノさん。その剣をそんな風に振る人、初めて見ましたです」

「ああ。私も驚いた。クロノ殿、そなた剣もできるのではないか」

「あるじはやっぱりかっこいい！」

千年前の俺を知るミィミが俺の剣筋を見て、目を輝かせる。

皆が驚くということは、先ほどの俺の剣筋がそれだけ見事だったということなのか。

（だとすれば、俺も……）

ふと脳裏に、昼間見たミツムネの顔が浮かんだ。

「アンジェ、悪いが試し切りをさせてくれないか？」

「いいのですよ」

そうして用意されたのは、大人がやっと抱えて持ち上げるぐらいの木の幹に、鉄の鎧を鋲で打ち付けたものだった。

試し切りを頼んだのは、俺だけど……。さすがにこれはやり過ぎだろう。

木の幹も相当太いし、そこに鉄の鎧を巻くなんて。

もしかして、アンジェ。俺に意地悪してる？

「頑張ってくださいです、クロノさん」

ごめん、アンジェ。疑った俺が悪かった。

つまり、これはアンジェの信頼の証――と思うことにしよう。

失敗したところで問題ない。そもそも、元は引きこもりの身体なわけだし。

「行くぞ」

俺は腰を落とし、一度ゆっくりと深呼吸をする。

集中力が増していくのを感じる。視野が狭まり、木の幹を睨む。

呼吸とタイミングを計り、筋肉が総毛立つような瞬間を感じた。

全てが一致した刹那《せつな》、俺は鞘に収めた剣を抜刀する。

思った以上に斬った感覚はない。俺が抜いた剣は、鎧を巻き付けた幹の横にあった。

次瞬、ズズッと音を立てて、幹がズレる。ゆっくりと傾斜していくと、鎧の重さもあって、地面に落下してしまった。静かな地下にガチャリと金属音が響く。

「斬っ……た……」

「すごいのです。本当に斬ったのです」

「あるじ、すごい！　すごい！」

ミュシャ、アンジェが息を呑み、ミィミはその場でぴょんぴょん飛びながら拍手する。

嘘だろ。本当に斬ってしまった。

アンジェの剣がすごいのもあるだろう。だが、それだけでは据え物は斬ることはできない。

今さっき感じた感覚は、間違いなく千年前に魔王と一対一で戦っていたときの感覚に似ていた。

間違いない。いつの間にか俺の身体は千年前の感覚に戻りつつある。

でも、いつだ？　最初にギフト『おもいだす』が発動したときは、そうじゃなかったと思うが。

徐々に身体が馴染んできた？　いや、それも何か得心いかない。

きっと何かしらの転機があったはずなんだ。

「そうか。ギフトのレベルが上がったときだ」

あのとき、欠けている記憶が蘇るかと予想していたが、そんなことは起こらなかった。

おそらく蘇ったのは、過去の感覚……。俺が最も充実していたときの戦いの感覚と記憶が身体に蘇ったのだろう。

それが事実ならミツムネにだって勝てるかもしれない。

「なあ、ミィミ。俺も剣闘試合に出ていいか？」

「ん？　じゃあ、ミィミはどうなるの？」

「ミィミもそのまま参加してくれ。二人でワンツーフィニッシュを決めよう」

「おお！　あるじと二人でワンツーフィニッシュ！」

「ごほん」

盛り上がる俺とミィミに、ミュシャが割って入る。

鋭い視線を俺たちに投げかけた。

「まるで誰が優勝するか決まっているような言い草だな。しかもワンツーフィニッシュなど。……よもや私が参加することを忘れたわけではないだろう、クロノ殿」

「もちろん忘れてないよ、ミュシャ」

「それに私はまだミィミ殿の力を見せてもらっていない」

「じゃあ、ここで見せてあげようか？」

ミィミの言葉にミュシャの眉がピクリと跳ねる。

おそらく挑発に聞こえたのだろうが、ミィミにそんな気持ちは微塵《みじん》もない。

ミュシャが殺気立っているというのに、ミィミはニコニコと笑っていた。それがミュシャの強い気持ちに拍車をかける。

「面白い……。やるか」

「あの～、です！」

火花を散らすミュシャとミィミの間に、アンジェが割って入る。

「ここはアンジェの工房なのです……。戦うなら試合場でしてほしいのですぅ」

アンジェの言う通りだな。子ウサギのように大人しいように見えて、意外と度胸はあるのかもしれない。

ドワーフの少女の忠告に、二人とも納得したらしい。

ミィミが手を下ろせば、ミュシャも刀の柄から手を離した。

「ところで、クロノさんたちは何しにこの工房へやってきたのですか？」

「肝心なことを忘れていた。実は君にミィミの防具と武器を作ってほしい。頼めるか？」

「ミュシャさんのご紹介ですし。承るのです。その……あの…………」

「ああ。もちろん、お金は払うよ。あとで見積もりを出してくれないか。あと、納期も」

「い、いえ。そのお金はもちろんいただくのですが……。その…………クロノさんはいらないのかな、と思いまして。剣闘試合に参加されるというなら、一振り持っておいた方が良いと思ったのです」

「じゃあ、この剣を売ってくれるか。今振ってみたが、かなりしっくり――」

「だめです!!」

先ほどまで大人しかったドワーフの少女の表情が、みるみる険しくなっていく。

「剣には使う人の肩幅や身長、体重によって適正な刀身というものがあるのです。そこから少しでも外れると、変な筋肉がついてしまったり、怪我をすることにも繋がったりするのです。見本品ではなく、自分に合った剣を使わなければだめなのです！」

「…………」

「……あ。すみません。お客さんに怒鳴るなんて。……その、アンジェは武器や防具のことになると見境がなくなるというか。周りが見えなくなるのです」

「謝らなくていい。アンジェの言うことはもっともだ。ただ、ちょっとびっくりしてな」

「びっくりしたですか？」

「昔、そっくりそのまま同じことを言われたことがあるんだ。それを思い出してな」

気が付けば俺はアンジェの頭に手を乗せて、ふさふさの灰色の髪を撫でていた。

あまり目立たない色だが、なかなか触り心地が良い。

ミィミの尻尾とどっちがいいだろうか。

「じゃあ、俺の剣も一振り頼む。最高の剣を頼むぞ」

「はい！　お任せくださいなのです！」

バチンとゴーグルを着けると、アンジェは早速作業に取りかかった。

かと思えばアンジェは突然手を止めて、俺たちのほうを振り返る。

ちょっと照れくさそうに俺を見つめた。

「その……、クロノ様。あまり髪を撫で撫でしないでほしいのです」

「わ、悪い。つい……。嫌だったか」

「あ、あまり子ども扱いはしないでほしいです。アンジェ、これでも――――」

それは衝撃の一言だった。

ドワーフ族は歳をとっても、子どものような容姿をしていることは知っているが、まさかアンジェが、そんな年齢だったとは。……いや、逆に考えるんだ、クロノよ。

これは合法ロ――――。

「あるじの顔、やらしいこと考えているときの顔」

「ほほう……。それはどういうことだ、クロノ殿」

「ち、違う！　断じて考えてない！」

断じて考えてないからな。

そうして日が経ち、ついに剣闘試合の日を迎えるのだった。

【名前】クロノ・ケンゴ
【ギフト】おもいだす　LV Ⅱ　【クラス】大賢者　LV 1
【スキルツリー】LV 30
［魔法効果］LV 10　［知識］LV 10　［魔法］LV 10
魔力　50％上昇　賢者の記憶　魔法の刃
魔力量　50％上昇　劣魔物の知識　貪亀の呪い盾
魔法速度　50％上昇　薬の知識　菌毒の槍
弟子の知識　小回復
【固有スキル】【隕石落とし《メテオラ》】
【緊急離脱《エマージエンシー》】
【装備】魔導士のローブ　三角帽　樫の杖

第三部

第一話 EPISODE.1

クロノが剣闘試合に参加を決める数日前

大きな男だった。

背丈は180センチ、いや190はあるだろうか。

発達した肩幅に、分厚い鎧のような胸板。鍛え上げられた足腰は巨木の根のようにどっしりとしている。整った身体とは反対に、髪と髭はややボサッとした印象をもたせるのだが、結んだ口がその緩んだ印象を強く引き締めていた。

彼の名前はロードル・ダ・ブックエムド。

元ティフディリア帝国騎士団の団長にして、今は引退して、軍の管理官として働いている。

軍の管理官というと、少し聞き慣れない役職だが、言ってみれば軍の不正を調べるのが主な仕事だ。

ティフディリア帝国のみならず、ジオラントでは現在のところ人間同士の大規模な戦争は行われていない。戦いはもっぱら魔獣相手であり、それも今や冒険者の生業になりつつある。明確な敵がいない状況は、残念なことに国や官吏たちに緩みが生まれる。それは軍部も同じであった。

ロードルは軍に入ってから、そうした緩みを憎んできた。

騎士団長を退いた後も、不正を取り締まる部署を自ら皇帝に進言し、その任についている。

そのロードルの前にいたのは、剣闘試合を提案したレプレー・ル・デーブレエスだ。

デーブレエスの顔は真っ青になっていた。

目の前に座るロードルのガッシリとした元軍人らしい体格と、鳶色《とびいろ》に宿る油断ならぬ瞳の眼光。そして管理官という不正を取り締まる側の人間の迫力に、人民の前では朗々と演説を打っていた領主もすっかり縮こまっている。

落ち着こうと、自ら差し出した紅茶を飲もうとしたが、震えてうまく飲めない。取り落としそうになったカップを支えたのは、そのロードルの手であった。

「かたじけないのであーる。……そ、それでブックエムド男爵。我が輩になんの用であーるか？」

「デーブレエス閣下が主催する剣闘試合について、皇帝陛下がとても興味を持たれておりましてな。観覧されたいということで、急遽《きゅうきょ》メルエスに足を運ばれることとなりました」

「へ、陛下がぁぁぁあああああ！」

皇帝陛下の四文字を聞いて、デーブレエスの声が裏返る。

剣闘試合はデーブレエスの趣味と実益のために開催するつもりだった。

ところが本人の予想していた十倍以上の参加申込みがあり、今やティフディリア帝国を超えて、隣のルーラタリア王国からの参加者もあるという異常事態に発展していた。

金貨三百枚という破格の優勝賞金もさることながら、副賞であるデーブレエスの愛蔵の書が注目度の高さの一因となっていた。各地から猛者が集《つど》った結果、現状のような大騒ぎになったというわけである。

日増しに参加者が増えていくのを見て、デーブレエスは戦々恐々としていたが、まさか皇帝陛下までが剣闘試合に注視しているとは思わなかった。

「本当であーるか？　本当に皇帝陛下がメルエスにお越しになるというのであーるか⁉」

「左様。私は特別に剣闘試合の保安管理担当の責任者として、大会当日は審判の役目を担うように仰せつかりました。青天《せいてん》の霹靂《へきれき》かと思いますが、剣闘試合まであまり時間がない。ご協力いただけないかと、こうして頭を下げに来たというわけです」

ロードルは膝に手を突き、深々と頭を下げた。

陛下が来ることだけでも驚きなのに、さらに管理官まで自分に頭を下げるという状況に、頭の回転の鈍い肥満伯爵は慌てふためく。

「ロードル殿。顔を上げるのであーる。我々の仲なのであーる」

「ご協力いただけますか？」

「陛下がご観覧あそばすだけでも身に余る光栄なのであーるのに、この上――元ティフディリア帝国騎士団長のロードル殿に試合を裁いてもらうなど。これ以上の誉《ほま》れはございますまいであーる」

「恐縮です、伯爵閣下」

「ところで、もちろん主催の我が輩は、拝謁の栄誉を賜ることができるのであーるか？」

「もちろん。陛下もデーブレエス殿の功績を讃えることでしょう」

「おお！」

ついにデーブレエスは立ち上がり、玩具をもらった子どものように飛び跳ねる。しかし、ロードルの話はここで終わりではなかった。再び鳶色の瞳を閃《ひらめ》かせると、デーブレエスに座るように促す。

「そこでデーブレエス殿に、陛下からもう一つ頼みごとがあるのです」

「なんでも言ってほしいのであーる」

デーブレエスはにこやかに応じた。


「勇者が来るってどういうことだよ、親父！」

ロードルがいなくなった執務室で、男が諸肌を脱ぎ喚いていた。

名前はゼビルド・ル・デーブレエス。デーブレエス伯爵家の長男。つまりデーブレエスの息子だ。

鏡餅体型の父親と違って、息子の身体は筋肉の鎧で覆われていた。非常に健全と言わざるを得ない肉体だが、その口調からは父親とは違って、傲慢さが垣間見える。頭に鶏冠をつけたような髪型も、どこか貴族らしくなく、優雅さからはほど遠いものであった。

「ゼビルド、落ち着くのであーる。すぐそうやって頭に血が上るのは悪いくせであーる」

「皇帝陛下が寵愛している勇者のデビュー戦として、この剣闘試合の舞台を利用したいって、それってつまり八百長しろってことか？」

「ロードルの言い方はそういう感じではなかった。あの男は不正を憎む男であーる。騎士団長という役目から退いたのも、軍の不正を告発したかったからという噂もあーるぐらいであーる」

「こっ・ち・の八百長はどうするんだよ？　参加者も増えて、国まで介入してきた。オレ様が無双して優

勝賞金はオレ様がもらう。親父は大事な蔵書を奪われずに済み、さらに莫大な賭け金が懐に流れ込む

――そういう手はずだったんじゃないのか？」

「それは……、先生に聞いてみなければわからないのであーる。いかがですかな、カブラザカ先生」

執務室にはもう一人男がいた。

柔らかい革張りのソファに深く腰掛け、蒸留酒が入ったグラスを傾けている。

先生、と呼ばれると、男はややとぼけた顔をデーブレエス親子に向けた。

黒髪の癖ッ毛に、丸く愛嬌のある黒い瞳。色白で、体型はひょろっとしていて、用心棒という風情でもない。しかし、デーブレエス親子は、ともに先生と呼んだ男に対して、最大限の敬意を払っているように見えた。

「ご心配なく。我々が考えている八百長はバレやしませんって」

「しかし、皇帝陛下の御前で……。勇者もいるのであーる」

「何言っているんですか、レプレー殿。わたくしのギフト『くすり』ならば、無味無臭の毒でもなんでも創薬することができます。任せてください。この勇者カブラザカ・マコトに」

……最高の筋書きを、ご子息にご用意いたしますよ。

◆◇◆◇◆

メルエスはお祭り騒ぎだった。

初めて街で執り行われる剣闘試合。その賑わいもさることながら、遠い帝都から皇帝陛下がお越しあそばされるのだ。田舎の市民にとっては殿上人である陛下を一目見ようと、沿道にはたくさんの人が詰めかけていた。

やがて皇帝陛下が自ら指揮する皇軍の先頭が、メルエスの街門をくぐると歓声が沸き上がる。旗が振られ、建物の窓から花吹雪が舞った。まるで凱旋式だ。

陛下を乗せた馬車が街に入る。途端、歓声のボリュームが上がった。

皇帝陛下は沿道に手を振ることなく、ただ真っ直ぐ前を向いているだけだったが、代わって目立っていたのは、白馬に乗った金髪の男だ。たくましい肉体に見事な手綱捌《さば》き。それなりに甘いマスクということもあって、いかにも絵になりそうではあるが、その纏う鎧は喪服のように真っ黒だった。

「まさに暗黒騎士だな」

沿道に群がる人たちが度肝を抜かれる横で、俺も勇者ミツムネの姿を確認していた。

恰好こそ変わったが、野獣のような瞳は変わらない。むしろ生来持つスター性は勇者と讃えられることによって増しているようにさえ見える。

「あれがあるじを叩いた悪いヤツ？」

「ああ。……でも、大丈夫。今度は負けない。ミィミもいるし。こいつもあるからな」

ミィミを撫で、さらにアンジェに作ってもらった腰の得物に触れる。

すると、ミツムネを見て沸騰しかかった気持ちが、和らいでいくような気がした。

「大丈夫。あるじ、負けない。あるじはミィミのあるじだから」

「ありがとう、ミィミ」

「二人でワンツーフィニッシュ」

「ああ。約束だ」

ミィミの言う通り。俺の目的は魔導書と賞金であって、皇帝とミツムネに復讐することじゃない。

ただ……目的を完遂するために、二人が障害になるというなら。

そのときは遠慮なく、【大賢者】のスキルを味わわせてやるだけだ。

◆◇◆◇◆　本戦開始　◆◇◆◇◆

いよいよデーブレエス伯爵主催の剣闘試合が開幕した。

場所はデーブレエス伯爵屋敷の庭園だ。初めは大通りにある噴水広場でやる予定だったが、参加者が増加し、さらに皇帝陛下が御座《おは》すということもあって、警備の観点から屋敷の中庭となった。

中庭といっても、デーブレエス邸の庭はかなり広く、某ドームがすっぽり収まるほどの敷地面積がある。そこに約五千人収容できる闘技場が急ごしらえで作られたのだが、既にその二倍の客が闘技場に詰めかけていた。

変わったのは場所だけではない。運営方法もその一つだ。当初予選から本戦まで全てメルエスで行われることになっていたが、参加者の人数も膨らんだことから、各地域で予選だけ行われることとなった。その予選を勝ち抜いた十五名に、勇者ミツムネが加わった十六名が本戦を戦うことになる。

俺とミィミ、ミュシャは予選を危なげなく勝ち上がり、本戦への切符を掴んだ。

その初戦が今始まろうとしている。試合のボルテージは最初からＭＡＸだ。

栄えある剣闘試合の一回戦目から勇者ミツムネが出てきたからである。

皇帝もご入来し、デーブレエス伯爵と一緒に観覧していた。

既に審判のロードルは演武台の中央に立って、対戦者が揃うのを待っている。

最初に現れたのは、勇者ミツムネだ。大声援で迎えられると、ミツムネは軽く手をあげる。元々テレビにも出演していたファイターだけあって、その姿には華があった。ミツムネは手慣れたパフォーマンスで客の心を一気に鷲掴みにすると、会場をあっという間に味方にしてしまう。

対する俺もまた少し遅れて、闘技場入りをしようとしていた。

「まさか……。初戦の相手が本当にミツムネとはな」

「あるじ、だいじょうぶ？」

「大丈夫じゃないように見えるか、ミィミ」

「ううん。あるじ、強い。頑張って」

「二人でワンツーフィニッシュだからな」

ミィミとグータッチを交わすと、俺は演武台へと向かっていった。

ミィミはあるじの後ろ姿を見送る。

その小さな肩をそっと叩いたのは、鎧を着たミュシャだった。

「クロノ殿は大丈夫か、ミィミ。少々気負っているように見えたが」

「だいじょうぶ、ミュシャ。あるじはミィミのあるじ。負けない」

「でも、相手は勇者だぞ」

「ミィミとあるじ、一ヶ月修行した。でも、一度もあるじに勝てなかった」

「一度も？」

「今のあるじ、【剣神】より強い」

「け、【剣神】？　それは随分と大きく出たな。千年前に存在したという伝説の武人だぞ」

「そう。あるじ、【剣神】と互角に戦ってた」

「それにしても、顔のあれはなんなのだ？」

「それは知らない。ミィミ、知らない。でも、あるじはかっこいい」

ミィミは日向の光に消えていくあるじに目を細めるのだった。

◆◇◆◇◆

「しまった。やらかしたな、俺」

俺が闘技場に出てくると、歓声ではなく戸惑いの声が広がった。

今、俺の前にはミツムネがいて、観覧席には皇帝がいる。

ミツムネが俺の死を知っているかどうかは知らないが、少なくとも皇帝の耳には入っているはずだ。

生存していることを二人に知られるわけにもいかず、苦肉の策として顔を隠すことにした。

だから今、仮面を着けているわけだが、どうやら逆に目立ってしまっているようだ。

しかし、仮面を着けてはいけないというルールはない。

『それでは栄えある剣闘試合一回戦第一試合を始めます』

どこからか実況するような声が聞こえる。スキルで大きくしているのだろう。

すると、ボクシングのように対戦者の名乗りが始まる。

『西の方角より、期待の新人――勇者ミツムネ・サナァァァアアダァァァアアアア！』

怒号が響くと、その何倍もの歓声が返ってくる。

完全に試合場は勇者一色になっていた。ミツムネは手を掲げて観客に応えている。

元プロファイターだけある。歓声にビビることなく、むしろ自分の力に変えているように見えた。

『対するは東の方角……。謎の仮面の戦士――ブラック・フィィィイルドォォォオオオオ！』

騒然とした試合会場が水を打ったように静かになる。やがて聞こえてきたのは、失笑だった。あちこちから俺をバカにするような罵声が聞こえてくる。何？ ダサい？ 嘘だろ？ こっちは大まじめに考えたんだぞ、参加者名。自分の名前を英語読みにしただけだが……。むしろカッコいいだろ。

ふむ……。どうやら異世界人には現代人のセンスがわからないらしい。

「ブラック・フィールド？ なかなか生かす名前じゃねぇか」

まさかミツムネに響くとは思わなかった。そう言えば、こいつも現代人だったな。

名乗りが終わり、審判に呼ばれる。なかなか上背のある審判だ。ミツムネの背丈も相当だが、審判はその上を行く。しかも六十代ぐらいの爺さんだ。ミュシャ曰く、ティフディァリア帝国騎士団の元団長らしい。なるほど。確かにいい体格だ。

「改めてルール説明を行う。試合は相手が参ったと言う、また審判の私が続行不可能と判断するまで続きます。武器、武器スキル、身体強化系スキルを使うことは可能とし、それ以外の遠・中距離の魔法、弱体化、回復などの魔法及びスキルは禁止とします。よろしいですかな？」

俺はミツムネを警戒しながら、頷く。

向こうも顎を上げて、見下ろしていたが、やがて仮面の隙間から見える俺の目に気づいた。

「その目、どっかで……」

「それでは離れて！」

ミツムネの疑問は審判の声にはね除けられる。

観客のボルテージは最高潮に達していた。わざわざ皇帝陛下が遠い所まで足を運び、その実力を確認しに来た勇者の強さがついにベールを脱ぐのだ。心の高揚が抑えきれず、客たちは吠えた。

やがて皇帝が立ち上がる。

「はじめぃ！」

大歓声の中、俺たちは動き出す。先手を取ったのはミツムネだ。

「行くぜぇぇぇぇええええええええ!!」

歓声に負けない声を上げると、両手剣を強く握る。

続けて地面を蹴った。速い。残像のおかげで、身体が餅のように伸びて見える。

十歩ほど離れて距離を取っていたが、一瞬にして間合いを詰めてきた。

思いっきり両手剣を振り回すと、豪快に払われる。

冷静に間合いを読み切って躱《かわ》すが、ミツムネはそこからさらに踏み込んできた。

薙《な》ぎ払った重たい両手剣を、無理矢理戻すとさらに払ってくる。

俺も自慢の得物を抜き、剣の筋を変えて相手の体勢を崩そうとするが、ミツムネはぶれない。体幹が強い。腐っても元格闘家だけはある。ミツムネは三撃目、四撃目と両手剣を振り回し、俺を闘技場の端に追い詰めた。

「ギャハハハハハ！　楽しい！　楽しいね!!」

「楽しい？」

「こういうのを待ってたんだ。ここはよ。人間をぶっ壊して誰も文句は言わねぇ世界だ。最高じゃねぇか。見ろよ！」

武器を振り回したかと思えば、今度は手を広げて指し示す。

そのミツムネのバックには多くの人間が、怒号のような歓声を上げて興奮していた。

勇者！　勇者！　と声が会場を包む一方、俺を「殺せ」という物騒な言葉も飛んでくる。

「こういうのだよ。みんながオレを応援しやがる。お前をぶっ壊せって叫んでる」

「昔を思い出すってか？」

「昔？　あ……？　てめぇ、本当に何者だ？」

「他意はない。それよりも俺はまだお前に壊されていないぞ」

「ははっ！　面白ぇ!!」

ミツムネは再び両手剣を振り回すが、俺は難なく躱し、闘技場の端から脱出した。

……思った通りだ。格闘技には精通していても、武器の扱いには慣れていない。

斬撃の型は一辺倒だし、両手剣は破壊力こそ抜群だが、その分重い。リーチはあるが、その分懐に隙ができやすく、逃げるのも容易《たやす》かった。

「つまり懐に入られると、何もできないということだ」

「誰が何もできないって……」

俺が懐に入った瞬間、ゆらりとミツムネが急に速くなった気がした。

いや、今のはステップワークだ。入ってきた俺に合わせて、側面へと身を躱した。

プロでなくても、その戦績はストリートを加えれば、かなりの数になる。場数を超えて獲得した最適解というわけだろう。

ミツムネは両手剣を最上段に構えて、笑う。

「さあ……。断罪の時間だ」

ギィンッ!!

両耳を貫通するような激しい音に、歓声は一瞬静かになる。

ミツムネが狙ったのは、対戦相手の後ろ首だ。そのまま落とせば、胴から首が離れていたかもしれない。だが、決してそのようなことにはならなかった。

振り下ろされた両手剣が、いともあっさり持ち主ごと弾かれたのである。

「な、なんだ？」

少し両手剣に振り回されながら、ミツムネは慌てて構え直す。

「オレの全力の一撃を払った？　あんな細い剣で？　待て。もしやお前の持ってる剣って、刀か⁉」

「今さら気づいたのか？」

俺は軽く刀を振る。

この剣闘試合のために、アンジェに特注で作ってもらった刀だ。

アンジェは初めて作ったというが、再現性はかなり高い。短納期で、しかも俺が伝えた知識だけでよくここまで作り込んでくれたと思う。

両手剣よりも遥かに軽く、遥かに薄く。なのに打ち合っても決して負けない粘りを持つ。

「だったら何度も打ち込んでやるよ。その細い刀ごと、お前の身体をぶった切ってやる‼」

ミツムネは猛る。そして両手剣を握り直すと、宣言通り打ち込んできた。

俺は真っ向からそれを受け、捌く。

しかし、アンジェが作った刀は、ヒビはおろか、刃こぼれ一つしない。

日本刀は「折れず、曲がらず、よく切れる」という一方で、それに反論する風潮がある。

実際、戦国時代において刀による怪我は全体の４％程度。日本刀がいかに武器として使われてこなかったか、数字が如実に表している。『武士の象徴』として捉えたり、すぐに刃こぼれするような武器は、武器として欠陥品と断じる人間もいる。

それが間違いとは言わないが、俺はもう一つの可能性を示唆する。

日本刀は武器だ。とても高性能な……。

高度であるからこそ使い手を選ぶ。達人――それ以上に神懸かった才能と肉体を持った、一種の狂気の中にいる武人にしか扱えなかったのではないか、と。

日本刀が武器ではないという論理は、近代に生きた人間の発言だ。

日頃から死と隣り合わせの生活をしてきた戦いの時代とは違う。人と殺し合うことが常であった時代の人間と今の人間は、身体も精神も食べるものさえ全く違う。今では非常識と思われる鍛錬を乗り越えた人間こそが、この日本刀を手にしたと俺は考える。

故に俺は判断した。大賢者の身体能力を取り戻した今、日本刀こそが最適な近接武器であることを。

ギィンッ！

「ぐぎゃっ！」

妙な悲鳴を上げたのは、ミツムネのほうだった。

もう何度俺に跳ね返されたかわからない。事実、ミツムネが持っていた両手剣はボロボロになっていた。対する俺の刀にはまだ刃こぼれすら起きていない。

正しい方向の受けと、手首、腰と足の使い方を徹底すれば、たとえ日本刀でもそうそう刃こぼれは起きない。この一ヶ月、ミィミとの訓練で学んだことだ。

いつの間にか熱の入った声援は止み、闘技場は静寂に包まれていた。勇者に賭けていた観客の中には怒鳴り声を上げるものも少なくない。前評判が高かった勇者が苦戦する姿を見て、徐々に疑問の声が上がり始める。本当に今戦っているのは、勇者なのかと。

こういう状況の中、ミツムネのモチベーションはがた落ちなのかと思ったが、むしろ楽しんでいた。

「おもしれぇ……。ここからは本気だ。本気の本気で潰す！」

〈暗黒面〉

ミツムネから黒いオーラが立ち上る。

目が血走り、筋肉が脈動して、身体が少し大きくなったような圧迫感を感じる。

クラス【暗黒騎士】の上位強化スキルか。クラス【バーサーカー】の〈鬼人化〉の良いところだけを抽出したようなスキルである。ただし、〈鬼人化〉は三倍に対して、〈暗黒面〉は四倍だけどな。

「行くぜ!!」

ミツムネは地面を蹴る。

膂力が上がったことによって、飛び出す速度も上がっていた。

一気に接敵し、自分の距離へと無理矢理俺を引き込む。

サメのような歯を食いしばり、ミツムネは容赦なく両手剣を俺に叩き落とした。

俺とミツムネに唯一差があるとすれば、スキルだろう。

クラス【暗黒騎士】には強化スキルもあれば、斬撃のスキルもある。

使えないのはギフト『あんこく』くらいなものだろうか。

だが、俺には今のところ強化スキルも、斬撃スキルもない。

使えるとしたら〈霧隠れ〉くらいなものだが、狭い闘技場で隠れてもあまり意味はない。

俺の戦力は大賢者だった頃の肉体と、アンジェに作ってもらった刀のみ。

だが、それで十分だ。

ギィン！

三度《みたび》、その音は闘技場に響く。

「はあ？」

声なんて上げてる場合じゃないぞ。もう俺はお前の懐に飛び込んでいるのだからな。

すかさず俺は刀を薙ぐ。だが〈暗黒面〉で上昇した身体能力は伊達《だて》じゃない。ミツムネは身体をねじるようにして、後ろに回避する。体勢が整う前に、無理矢理躱したからだろう。つるっと足を取られると、ミツムネはスッ転んでしまった。

すると、観客席からぷっと笑いが漏れる。

「誰だ！　今、笑った奴!!」

ミツムネは観客席のほうを振り返り、ケダモノのように叫んだ。

観客席は再び静まり返ったが、妙な空気感は変わらない。

相手を圧倒すると思われていた勇者が苦戦する姿を見て、観客は白け始めていた。

「くそ！　くそ！　くそくそくそくそくそぉおおおおおお！」

ミツムネはすぐさま立ち上がる。

構えを変えた。おそらくスキルを使うつもりだ。

「食らえ！　仮面野郎!!」

〈死連斬〉!!

相手の右手、左手、両足、そして首を同時に狙った四種の斬撃。

初撃でこれを躱すのは難しい。ただし、俺はこのスキルを知っている。

その攻略法も……。

ギィンッ!!

キレたミツムネが人気と形勢を逆転させるために放った一手は呆気なく跳ね返された。

スキルによる攻撃は、使用者の身体をフルに使う。

それを弾かれた場合、ノックバックはかなり激しいものになる。

今度ばかりは身体能力だけで修正することは不可能だ。

対する俺は少し余裕を持って、間合いを支配する。左肩に向かって刀を振り下ろした。

硬く引き締められた刀は、あっさりとミツムネが纏っていた黒の鎧を切り裂く。

やがて刃の先は、肩の肉と骨に到達した。

「ギャアアアアアアアアアアアアアア!!」

ミツムネの悲鳴が響く。

両手剣を落とし、左肩を押さえて野生の猿みたいにのたうち回った。

「勝――――!」

「まだじゃあ!」

審判が勝負ありと言いかけたところで、待ったの声がかかる。

ミツムネでもなければ、観客でもない。それは観客席の中段より少し上。特別観覧席から聞こえた。

やや興奮気味に息を弾ませ、闘技場のほうを睨んでいたのは、皇帝だ。

「まだ終わっておらん。続けさせよ」

「その通りだ！　クソがよ！」

小賢しいな。

ミツムネは両手剣を握る。少し傷口の出血が少なくなっている。

おそらく審判が皇帝のほうに気を取られた一瞬の隙をついて、スキル〈暗黒の声〉を使ったのだろう。回復量は少ないが、痛みぐらいは和らげることができたはずである。

「オレはまだ負けてねぇぞ」

「いや、お前の負けだよ」

「なんだと⁉」

「底は知れた。お前の剣は俺には届かない、一生な」

「ふざけんな！」

ミツムネはまた両手剣を振り回すが、弾かれてしまう。

スキルも、身体能力も、武器の重さも、ミツムネが上だ。それは認める。

それでも俺が難なく両手剣を弾けているのは、単なる技量の差だ。

ミツムネの両手剣はどうしても振り回すのに溜めがいる。

始点がゼロだとして、最高点が一〇〇だとする。その一〇〇になるまでの時間がかかりすぎるのだ。

一〇〇までいけば、さすがの俺でも返すことは難しいが、振り下ろしの直後、あるいはまだ加速がかかっていない瞬間なら、悠々と弾き返すことができる。

ミツムネの剣は我流。というか、全くのど素人だ。

そもそも出どころはわかりやすい両手剣なんて振り下ろす、振り回すかの二択ぐらいしかない。

身体の動き、目線を見れば、どこを狙っているかなど丸わかりなのだ。

そして、相手の武器を弾くことができれば、当然俺は懐に入りやすい。

ゆっくりと、確実に、ミツムネの間合いを侵略することができる！

「ギャアアアアアアアアア！」

再び汚い悲鳴が響く。狙った場所は先ほどと一緒だ。

左肩の傷口をさらに抉られ、ミツムネは再び剣を捨てて、もんどり打つ。

完全に会場は冷めきっていた。それでもミツムネは諦めない。激しく息を切らしながら、床を転がってでも俺との距離を取ろうとする。根性だけは見上げたものだ。

「おい！　審判！　おかしいだろ！　スキルを使ったオレより、スキルを使ってないアイツのほうがなんで強いんだよ！　ドーピング！　ドーピングだ」

「それは――――」

「そうだ。その者は何かおかしい！　何か違法な薬物に手を染めているに違いない！」

ミツムネに援護射撃をしたのは、皇帝陛下だった。

まるで叱責でもするかのように審判に向かって喚いている。

「ロードル！　何をしているか！　さっさとその者を調べよ！　特にその仮面があやしい！」

「そうだ。オレは勇者だぞ！　オレより強い奴なんているはずねぇ！　お前らもそう思うだろ？　オレが負けていいのかよ、お前ら!!」

ミツムネが観客をあおり立てる。

しんと静まり返っていた観客たちが我に返ると、また声を上げ始めた。

再び勇者、勇者という大合唱が響き、俺を調べるように要求する。

皇帝にも勇者にも、そして観客からも請われ、タキシードを着た審判はついに動く。

ゆっくりと近づいてくると、俺が着けていた仮面に手を伸ばそうとした。


「くく……」

不意に笑い声が響く。

笑っていたのは俺だ。肩を揺らして、まだ闘技場の上に立って戦っている最中だというのに、腹の底からこみ上げてきた笑いを吐き出す。堪《た》えられなくなって、ついに大声を上げてしまった。

「な、何がおかしいんだ、てめぇ」

「お前が言ったんだぞ?」

「はあ?」

「『自分のことは自分の力で解決しろ』。人に頼る行為を、お前は憎んでさえいたんじゃないのか?」

「…………っ!」

「それがどうだ? 皇帝に、審判に、そして観客をも巻き込んで俺を悪者にしようとしている。お前が『ダセぇ』と言ったことは、今お前自身がやっていることじゃないのか?」

「……ブラック……黒……お前、まさか!」

「もう一度言う。ダサいな、勇者様！」

「てめぇえええええ！　ぶっ殺すぅぅうううううううう!!」

ミツムネが手を掲げると、黒い塊が現れた。

ギフト『あんこく』。だが、その大きさは以前、俺に向かって放ったときとは別ものだった。

おそらくギフトのレベルが上がっているのだろう。

強烈な殺意の波動……。

目の前に立って戦うものだけではなく、見ている観客にすら恐怖を与える代物だった。

間違いなく〈あんこく〉は俺を指向している。俺の背後には観客がいて、ミィミもいる。

観客がパニックになっていることは、聞こえてくる悲鳴でわかった。

ギフト『あんこく』は禁止されている遠距離攻撃の部類に入る。

放てば、間違いなくミツムネの失格負けだ。だが、今のミツムネに理性を求めることは酷かもしれない。今までカス呼ばわりしていた俺に、論破されてしまったのだからな。

「しねぇえええええええええ!!」

ギフト『あんこく』が今まさに発射されようとしていた。

「バカだなあ、あんた」

俺はあっさりとミツムネの背後に回り込む。

タンッ、と音を響かせ、その後ろ首に手刀を浴びせた。

あっさりと意識の糸を断ち切られた勇者様は崩れ落ちる。黒い塊は自然消滅し、再び陽の光が燦々と闘技場全体に満ちていった。

ミツムネはぴくりとも動かない。

え？　という意外な空気が満ちる中で、ロードルという審判の渋い声が響き渡った。

「そこまで。勝者ブラック・フィールド！」

一瞬の静寂の後、波のような歓声が俺に押し寄せてきた。


「黙れ！　こんなの無効試合だ！」

大歓声の中で、一喝したのは皇帝陛下だった。

目は血走り、真っ赤になった顔は今にも爆発してしまいそうだ。

俺と言うよりは、審判のロードルのほうに人差し指を向け、皇帝は声を荒らげる。

「こんなことがあり得るか。そこにいるのは勇者。導きの星5にして、最強のギフトを持つ勇者だぞ。それがどこの馬の骨ともわからぬ男に負けてたまるか」

「恐れながら、陛下。この通り勇者殿は完全に気を失っておられる。このまま続行することは不可能かと」

「だったら――――」

「加えて、勇者殿は反則を犯そうとしました。結果的にブラック殿によって回避されましたが、仮にあのギフトが放たれていれば、多くの死傷者が出ていたのは必定。ブラック殿が何か不正をしていたというなら、その前に明らかに反則を犯そうとした勇者殿を罰するべきです」

「ろ、ロードル！　貴様！」

己の言うことに異議を唱え、またその理を捲くし立てる家臣に対して、皇帝陛下の怒りは益々膨れ上がっていく。いよいよ陛下がキレるとなったとき、観覧席に小石が投げ入れられた。

幸い天幕にいた皇帝陛下に当たることはなかったが、あと半歩天幕から出ていれば、頭に当たっていただろう。

「だ、誰だ、皇帝に向か――――！」

「ふざけんな！」

「何が勇者だ!!」

突如として皇帝陛下に暴言が浴びせられると、それをきっかけにして波のように広がっていった。

「全然弱いじゃねぇか！」

「どうしてくれるんだよ！　全部勇者にツッコんだんだぞ！」

「金返せ！」

皇帝陛下がいる天幕に向かって、石や物が投げつけられる。

言ってみれば、「勇者」に賭けていた博徒たちの腹いせに近いものだった。それだけではない。勇者に対して期待し、その本性に絶望した者たちまでもが皇帝陛下に反抗の意志を見せる。

「あるじは悪くない！　ミィミ、怒るよ！」

「そうだ！　クロ――ブラック殿は何も不正などしていない」

通路口のそばで、ミィミとミュシャも抗議の声を上げていた。

いよいよ危機を察したのか、皇帝陛下は家臣たちを盾にして、天幕の奥に引っ込む。

皇帝陛下の怒りの矛先はそばにいたデーブレエスに向けられた。

「デーブレエス！　この者たちをどうにかせよ！　いや、今すぐ首を刎《は》ねるのだ！」

「う、承りましたが、このままでは我が輩らの首のほうが刎ねられるのであーる」

「ならば早く我が皇軍を呼び戻せ！　こいつらをころ――」

「情けないですこと」

「「え？」」

皇帝陛下とデーブレエス伯爵の視線が急に声をかけた来賓に向けられる。

それは皇帝陛下が特別に招いた少女だった。

椅子の背もたれに身体を預けず、ピンと背筋を立てて観覧していた少女はすっと立ち上がる。

華やかなドレスを揺らし、堂々と天幕から出てきた。

その姿を見たとき、俺は思わず息を呑む。

「ラーラ？」

すると、通路口のほうからミュシャの叫び声が聞こえてきた。

「あれはルーラタリア王国の姫君――歌姫ことラーラ殿下ではないか！」

え？　ルーラタリア？　姫君⁇

いきなり暴走する観客の前に、ラーラが出てきたことには驚いたが、それが姫君なんて。

しかも、これから向かう王国の……。

観客も騒然としていた。天幕に隠れて今までわからなかったが、まさか隣国の姫君までいるとは誰も知らなかったのだ。

観客の熱が冷めていく。その一瞬を見逃さず、金髪を靡《なび》かせながらラーラは歌い出した。

持っていた竪琴を鳴らし、まるで子守歌を聞かせるように緩やかな旋律を奏でる。

優しく、温かく、慈しみを抱いた歌は、それまで興奮状態にあった観衆の平常心を取り戻させるに十分な効果を秘めていた。美声を聞いて、口を押さえ、涙を流す観客までいる。

観客だけじゃない。ラーラの歌は俺の心の深い部分にまで浸透していく。戦闘で昂ぶった身体と心を冷ましていった。

「クラス【吟遊詩人】……。〈鎮静の歌〉か」

本来興奮した魔獣や魔物を抑えるために使うスキルだが、人間にも通じるか否かは見ての通りだ。

しかし、ラーラの歌はその効果以上のものを感じさせる。本人の資質によるところもあるのだろう。

歌声は観客の胸を突き、ささくれだった心を癒した。

「みなさん、失礼いたしました。剣闘試合はまだ始まったばかり。ここからさらに熱い戦いが繰り広げられますので、是非ご注目くださ〜い」

ラーラは全身を使って、みんなに手を振る。

最後に彼女本来が持つ華やかな空気が、暴走気味だった観衆にトドメを刺した。

ひとまず事なきを得たようだ。

俺はホッと息を吐く。安心したのは俺だけじゃなさそうだ。

天幕の奥で子ネズミのように震えていた皇帝陛下はようやく立ち上がった。

「ら、ラーラ姫。助かった。礼を言う」

「陛下にご無理を言って、観覧をご許可いただいた恩を返すことができましたわ」

「そ、そうだな。そなたの観覧を許可した余の慧眼《けいがん》の為せる技といったところか」

皇帝陛下、全然懲りてないなあ。暗愚《あんぐ》であることは前からわかっていたけど……。帝国も長くないかもしれない。本格的に危害を加えられる前に、早いところおさらばしたいものだ。

そうしていると、皇軍たちが天幕にやってくる。それを見て、デーブレエスが声をかけた。

「陛下、皇軍が迎えにまいりました。今のうちに脱出したほうが良いのであーる」

「そ、そうだな。こんな危険な場所、一時とていられるものか」

最後に吐き捨てると、そそくさと闘技場から退場していった。


「ブラック殿」

一瞬、誰のことかわからず、反応が遅れる。

偽名を付けたのは俺だが、どうもまだ名前に慣れていないらしい。

振り返ると、あの審判が立っていた。小脇に勇者を抱えている。ミツムネは背が高く、体重だけでも八十キロ以上はあるはず。その上鎧まで着ているから、総重量でいえば、百キロは超えるというのに、それを片手で軽々と持ち上げていた。この審判、やはり只者ではないだろう。

「立場上、こういうことはあまり口にできないのですが……」

「え？」

「見事な戦いぶりでした。まるで『剣神』と戦っているような」

「それはまるで『剣神』と戦ったことがあるような言い方ですね」

「少々行き過ぎた言動でしたかな」

「いいえ。……間違ってはいないと思いますよ」

ロードルと呼ばれていた審判は眉尻を動かす。

俺はそれ以上何も言わず、闘技場から退場した。


「あるじ～！」

通路口に戻ってくると、ミィミがロケットみたいに抱きついてきた。飼い主の帰りを喜ぶわんこみたいに頬ずりし、尻尾をパタパタと振るって、俺の勝利を称えた。

「さすがあるじ！　あるじ、強い！　あるじ最強!!」

「まだ初戦を突破しただけさ。でも、ありがとう、ミィミ」

「あるじなら絶対優勝できるよ。絶対！」

「おいおい。ゾンデさんに、絶対優勝するって約束したじゃないか？　もう忘れたのか？」

「そっか。ミィミ、約束した。でも、あるじにも優勝してほしい。どうしよう、あるじ!?　ミィミ、ピンチ!!」

「じゃあ、二人で決勝へ行って、二人で優勝しよう」

「おお！　それならあるじも優勝、ミィミも約束を破らずにすむ。あるじ、天才！」

俺はミィミの頭を撫でてやる。身内ながらミィミはやはり可愛いな。

千年前も可愛かったが、今世ではさらに拍車がかかっているような気がする。

「クロノ殿、私からもお祝いさせてくれ」

「ミュシャ、ありがとう」

「ちなみにこの者も、クロノ殿をお祝いしたいそうだ」

そう言うと、彼女の陰からひょっこりと小さな女の子が現れた。

今にも泣きそうな顔で、こちらを見ておどおどしている。

「アンジェ！　確か人混みが苦手とか言ってなかったか？」

「頑張って……その、来ましたのです。その……、刀のことが気になった、のです」

「おかげさまで勝てたよ。アンジェ、ありがとう」

ミツムネに勝利した最大の功労者は、まさにアンジェとその刀だろう。

今刀身を確認しても、刃こぼれ一つしていない。

俺がアンジェに教えたといったが、作刀の工程だけで細かいノウハウはレクチャーしていない。なのに想定以上の性能が出ているというのは、アンジェの腕に他ならないだろう。短納期でここまで作り込んでくれた彼女には感謝しかなかった。

俺はアンジェの頭を撫でる。

「ありがとな、アンジェ」

「あう……。だから、頭を撫でないでくださいのですぅ」

「あ。ごめん……。つい――――」

俺は慌てて手を引っ込めた。

なんというか、アンジェの頭の位置って、ちょうど手を置きやすい位置にあるんだよな。

あと、髪がすっごく柔らかくて、心地良い。

「次はミュシャで。その次がミィミだな」

「うん！　勝って、あるじと一緒に決勝に行く」

「おいおい。私を忘れてもらっては困るぞ」

「さ、三人とも頑張ってください！」

その後、ミュシャは危なげなく勝ち上がり、いよいよ真打ちミィミの出番となった。

◆◇◆◇◆

剣闘試合初戦で一時的にできた空気は、過去のものとなっていた。

試合は白熱の展開を迎え、見応えのあるものになり、賭け事を忘れて熱狂する観衆も少なくない。

さすが本戦まで勝ち上がってきた武芸者たちだけあって、レベルが高かった。

そんな雰囲気の中で闘技場に立ったのは、ミィミだ。

俺とミュシャ、そしてアンジェは通路口からその様子を見守る。

「クロノ殿の実力は、アンジェの鍛冶屋で見たときから知っていたが、ミィミが戦うところを見るのはこれが初めてだな。やはり強いのか？」

「強いぞ。一瞬の爆発力でいえば、時々俺を凌《しの》ぐときがある」

「で、でででも、相手の人も強そうですぅ」

ミィミの対戦相手が通路口から出てくる。

現れたのは、真っ黒な毛に尻尾、頭にはピンと耳が立っていた。

亜獣人だ。黒狗《くろいぬ》族か……。亜獣人の中では、膂力、スピードともにトップクラスを誇る一族だ。

さらに上背もあり、腕もしなやかで長い。口から伸びる牙も気を付けたいポイントだ。

『西の通路からやってきたのは、黒狗族グリン・ダ・ファ男爵ぅぅううう！』

「おおおおおおおおおおおおおおお！」

グリンは己を鼓舞するように遠吠えを響かせる。やる気満々のようだ。

男爵かよ。亜獣人にしては珍しいな。よほどの功績を上げたか、金で買ったかのどちらかだろう。

『対するはミィィイイミィィイイイイイイ！　なんと十二歳での参加！　もちろん今大会最年少です。果たしてどんな戦いになるやら』

二人は向かい合う。体格で言えば、大人と子どもの差があった。

最初に仕掛けたのは男爵だ。まだ開始の合図は鳴っていない。ただその黒鼻をミィミに近づけ、すんすんと動かした。ミィミは無視していたが、グリン男爵の瞳が一際閃く。

「お前、奴隷だったろ？」

「…………ッ！」

「図星か。わかるんだよ。いくら取り繕おうとしても、お前らのドブ臭さは鼻につくのだ。ここはな。お前らみたいなドブネズミがくるところじゃない。便槽の上にでも座って、男のナニでもしゃぶってればいいんだよ」

「男……。ナニ……？　ナニって何？」

「チッ！　所詮クソガキか」

「両者離れて」

一触即発になりかけたが、審判のロードルが絶妙のタイミングで間に入る。

少し遺恨の残る形になったが、両者は大人しく引き下がった。

定位置につくと、ミィミは腰に差していた得物を豪快に抜く。

両手に持った、ナイフよりも長く、ショートソードよりも短めの剣を見て、ミュシャは首を傾げた。

「双剣？　意外だな。ミィミはあの緋狼族と聞いた。ならその膂力を活かし、もっと重い武器を持たせると思ったが……。それこそリーチを補うような槍や両手剣なんかを」

「確かにミィミの馬鹿力は魅力的だな。でも、それじゃあミィミのもう一つの魅力を潰すことになる」

ミィミが構えると、グリン男爵は腕を交錯させた。すると手から鉤のように歪んだ爪が伸びる。

互いが構えたのを見計らい、ついに試合が始まった。

「はじめ！」

飛び出したのは、グリン男爵だ。

「ひゃあああああ！　たまらねぇ！　こういう試合を待っていたんだ。剣闘試合に事故は付きものだからな。ちょっと首の根っこを引っかけて、思わずぶっとい動脈を切っても、それは事故だ、事故。それにお前みたいな汚物が死ねば、世のため人のためになるってもんだろ！」

その目は赤く血走り、今にも昇天しそうなほどに興奮していた。

すると、その気配が消える。

スキル〈暗歩〉。クラスは【暗殺者】だけが持つ固有スキルだ。

するとミュシャが突然立ち上がった。

「思い出した。あいつ、殺し屋男爵だ。予選会でも、二名の死傷者を出した手練《てだ》れだぞ」

「ふぇえええ！　なんでそんな人が出場しているんですか？」

「事故だと片付けられたらしいが、まさか本戦にまで出場してくるとは……」

なるほど。事故と見せかけることができれば、人を殺しても罪に問われないか。

大方、男爵という地位も似たような手口で得たのかもしれない。

「まずいのです！　ミィミさんが危ないのです！」

「大丈夫だよ、アンジェ。なんの問題もない」

「クロ…………ブラックさん。――――って、どさくさに紛れて撫でないでくださいです！」

アンジェがポカポカと俺を殴る横で、闘技場での戦いは――――。

決していた。

まるで空気の中に溶け込むように現れたグリン男爵を見つめていたのは、獣じみた少女の瞳だった。

グリン男爵としては気配を殺し、完全に死角に入ったはずだ。

なのに、ミィミはきっちりと反応していた。

「な、なんで私の姿を……。こうなったら!!」

グリン男爵は戦略を変える。

今度はスキルを使わず、速さでミィミを攪乱《かくらん》するつもりらしい。

さっきも言ったが亜獣人の中で、黒狗族はトップクラスの身体能力を持つ。

ただしトップクラスであって、トップではない。さらに言えば、緋狼族は獣人でも亜獣人の中でも、トップオブトップの種族だ。

「あれ?」

気が付けば、グリン男爵の前からミィミの姿が消えていた。

一瞬惚《ほう》けるグリン男爵、しかし、戦いの最中にあって、その一瞬が命取りだった。

すると、ポンと肩を叩かれる。

「鬼さん、捕まえた。今度はおじさんが鬼だよ」

「なっ! ま、待て! いつから鬼ごっこになった!」

「え? 違うの? ずっとおじさんが走ってるから、鬼ごっこをしてるのかなって」

「バカな！　ここは戦場だぞ!!　舐めてるのか!!」

「そっか……。忘れてた。ミィミ、戦わないと」

「はっ？」

「じゃ、行くね。おじさん」

ジャキッ!!

無数の剣閃が孤を描く。

ミィミを切り刻もうと思っていたグリン男爵が、逆に切り刻まれていった。

もちろんミィミは男爵を傷付けたりしない。

その代わり、雄々しい黒毛ははげ山同然となり、代わりに真っ白な肌が露出する。

殺し屋男爵の威厳が、地の底まで落ちた瞬間だった。

いきなり体毛を刈られ、ハゲワシみたいになったグリン男爵は呆然とする。

しかし、その首謀者は一切悪びれることなく、無警戒に顔を近づけた。

「あのね、犬さん。最初に言おうと思ってたんだけどね」

「な、なんですか？」

「ミィミはね。ネズミじゃないよ。狼だよ」

ミィミは首を傾げ、無邪気に笑う。

敵を敵と見做《みな》していない態度に、グリン男爵は強者の香りを嗅いだに違いない。

ついには悲鳴を上げ、慌てて演武台から降りていった。

「あっ！　ちょっと待って！　ナニってなんなの？　教えてほしかったのに。ぶぅー」

ミィミが引き留めるも、男爵は無視して西の通路口に消えていく。

オッズではグリン男爵のほうが高かったようだが、観衆たちは愉快げに笑い、小さな闘士の健闘を称えるのだった。


「お疲れ、ミィミ」

俺はミィミとグータッチを交わす。

本人は困惑した表情だった。実力の一割も出さなかったのだから仕方ない。

「あれで良かった、あるじ？」

「よくやった、ミィミ。初戦突破だ。おめでとう」

「えへへへ……。あるじに褒められた。ところであるじ……。男のナニって、何？」

「ん？　そ、それはだな？」

「男のナニをしゃぶるとどうなるの？　あるじも嬉しい？」

「ちょちょちょ、ちょっと待て。ミィミ、落ち着け。それはそのセンシティブというか」

「せんしてぃぶ？」

「あ、いや……。と、ともかくミィミが知るにはまだ早い。そ、そういうのは大人になってから」

「ミィミが大人になったら、教えてくれる？」

「も、もちろんだ」

「じゃあ、大人になったら。ナニのことを教えてね」

ミィミは表情を輝かせながら微笑む。守りたいこの笑顔。

親心としては、一生〝ナニ〟の意味を知らずに育ってほしい。

ミィミと他愛のないやりとりをしていると、そこにミュシャがやってきた。

「あはははは……。ミィミはうぶいな。殺し屋男爵を一蹴した強者とはとても思えん」

「笑いごとじゃないぞ、ミュシャ」

「そういう教育をするのも、雇い主の務めだぞ、クロノ殿。それにしても見事な戦いだった。なるほど。ミィミのスピードを生かす戦術に出たということか」

リーチを埋めることも重要だが、俺はミィミの素材を生かすことにした。重い武器を持つと、ミィミのスピードが殺されてしまう。むしろ軽い武器を持って、動き回れる戦術を採用することにした。

結果、それがうまくはまり、初戦を圧倒する技量を得たというわけだ。

「これは思っていたよりも強敵だな。私もうかうかしてられない。ミィミ対策をせねば、優勝は少々難しいかもしれぬ」

「その前に俺と当たることを忘れてないか、ミュシャ」

「おっと！　そうだったな。ならば次も勝って、準決勝で相まみえることとしようぞ、クロノ殿」

「ああ！」

コツンと俺とミュシャは互いの拳をぶつける。

それぞれの方向へと別れ、次の戦いに備えるのだった。

◆◇◆◇◆

一時的に試合運営をラーラ姫と審判のロードルに任せ、皇帝陛下とデーブレエス伯爵は近くにある伯爵邸に避難していた。ひとまず安全は確保されたわけだが、皇帝陛下の表情は優れない。

それを気まずそうに見ていたのは、デーブレエス伯爵である。

皇帝陛下の気分が落ち着くようにと最高級の茶葉を出してはみたものの、全く口を付けてくれない。ただただ紅茶が冷めていくのを眺めていることしかできなかった。

「おのれ！　余に恥を掻かせおって！　あの痴《し》れ者が！」

唐突に皇帝陛下は癇癪を起こし、目の前の紅茶がのったテーブルをひっくり返す。

デーブレエス伯爵は思わず「ひっ！」と悲鳴を上げた。

怒りの矛先が向けられたのは、無様に負けた勇者ではなく、ブラックに対してであった。

ちなみにブラックに敗れたミツムネは治療を受け、今はこの屋敷の客間で寝ている。

「デーブレエス!!」

「は、はい！　はいであーる！」

「あのブラックとかいうふざけた奴を優勝させてはならぬ。場合によっては殺してもかまわん」

「こ、殺して……であーるか？」

「そうだ！　どんな手を使ってでもいい。奴を殺せ！」

「人を殺せ」という明確な指示に、デーブレエス伯爵は息を呑む。

だが、それも一瞬のことだ。次第にデーブレエスの顔は醜悪に歪んでいった。

「陛下、もしあのブラックを止める者が現れた暁には……」

「良かろう。望みのものを与えてやる」

デーブレエス伯爵の口が裂ける。

呪われた人形のように笑うと、伯爵閣下は恭しく頭を下げた。


デーブレエス伯爵は自分の執務室に戻ってきた。

客間でのやり取りを話すと、それを聞いた息子ゼビルドは飛び上がる。

「やったぜ！　オレ様もこれで近衛兵、近衛兵長にだってなれるぞ」

「愚かな息子だな。なんなら、ロイヤルファミリーにすら我らはなれるかもしれないのであーる」

「とにかくこんな田舎におさらばできれば、オレ様はなんだっていい」

ゼビルドは俄然やる気を漲《みなぎ》らせる。

一方、デーブレエス伯爵は執務室にいるもう一人のほうに視線を投げかけた。

勇者カブラザカと名乗るゼビルドの師匠である。

異世界人であることは間違いないのだが、デーブレエスもゼビルドも彼の詳しい出自は知らない。

どうやらティフディリア帝国ではなく、他国で勇者召喚された者らしく、皇帝も知らない様子だった。本人は組織に属すことを好まず、こうやって用心棒紛《まが》いのことをして、ジオラントのあちこちを回っているらしい。

「先生、よろしくお願いするであーる」

「計画の変更はないということですな。よろしい。なら、既に手は打ってあります」

カブラザカは数枚の紙を差し出す。

そこには参加者の名前と、人相がスキルによって描かれていた。

大会に参加するための願書だ。

ブラック、ミィミ、さらにミュシャの願書が見てとれる。

「候補でいうと、この三人でしょうな。そうですな。と言っても、ブラック当人は狙うのは難しいでしょう。そうなると、残りは二人。……まずは手始めに、この女からにしますか」

カブラザカは懐から取り出した小瓶を、そっとミュシャの人相書きの上に置く。

それを見て笑ったのは、デーブレエス伯爵だった。

「ブラック、残念だったな。お前に賞金も、我が輩の大事なコレクションも渡さない。優勝するのは我が息子ゼビルドであーる。ぐひっ……。ぐひひひひひひ！」

奇妙な笑い声を上げ、デーブレエスは丸い身体を震わせるのであった。

◆◇◆◇◆

二回戦が始まった。

俺は二回戦も圧勝し、続けて二回戦第二試合『ミュシャvsゼビルド』が始まろうとしていた。

勝った方が俺の対戦相手となるためか、ミュシャは随分と気合いが入っていた。よっぽど俺と一対一で戦いたいらしい。

対するゼビルドのクラスはおそらく【剣闘士】。攻撃と体力に優れた前衛向きのクラスだ。

恵まれた体格をしていて、決して楽な相手ではない。

「はじめ！」

開始の号令がかかり、その緒戦――――。

ゼビルドの肉弾攻撃に最初ミュシャは面食らったようだが、戦術を変えて相手の攻撃をうまく捌き始めると、徐々にペースを取り戻していった。ミュシャの鋭い打ち込みに、ゼビルドの腰が引けると形勢は逆転する。

俺とミツムネが戦ったときと似たような展開になってきた。

ゼビルドもミツムネと同じく、クラスや体格に恵まれていても、技量がまるで足りていないのだ。力不足は否めず、ミュシャに剣筋を読まれてパニックを起こすと、ついには無茶苦茶に大曲剣を振り回し始めた。

対戦相手が興奮しても、ミュシャは冷静に回避していく。

ゼビルドに疲れが見えるや否や、ミュシャは燃え上がった炎のように反撃に転じる。

連続攻撃も決まって、勝負ありかと見られた瞬間、膝を突いたのはミュシャのほうだった。

「なんだ……」

俺には何か疲れのようなものが出たのかと思った。

様子がおかしいと感じたのは、ゼビルドが立ち上がってからだ。

下品な笑い声を上げながら、ゆらりとミュシャに近づいていく。大曲剣の腹で軽く己の肩を叩きながら、膝を突いたミュシャを見下ろした。

「どうした、ねーちゃん。さっきまでの威勢は？」

ゼビルドはサッカーボールキックでミュシャの鳩尾を蹴り上げる。

ミュシャはかろうじて防御したが、衝撃を殺すまでには至らない。

難なく吹き飛ばされたミュシャは、闘技場を囲う壁に叩きつけられた。

「あるじ、ミュシャおかしいよ。ミュシャ、どうしたの？」

突然動きが悪くなったミュシャを見て、ミィミは戸惑う。

やっぱりおかしい。スキル？　魔法？　いや、ずっと見ていたがゼビルドにそんな素振りはなかった。考えられるとすれば……。

「毒か」

まず怪しいのは、ゼビルドが持っている大曲剣だ。しかしミュシャはすべての攻撃を剣や武具で受けていた。それは肉体接触による攻撃にも同じことが言える。ならば、仮にミュシャが今、毒に冒されているとすれば、この闘技場に入る前に盛られていたということになる。

遅効性の毒なんていくらでも考えられるが、今それを調べても意味のないことだ。

「ミュシャ！　降参だ！　試合を放棄しろ」

「だめだ！」

ミュシャは立ち上がる。

大してダメージを受けていないはずなのに顔色が悪い。青いというよりは紫色に近かった。

それでもミュシャは愛剣を掲げるが、その切っ先は明らかにぶれている。瞼を開いたり閉じたりしているところを見ると、対戦者の位置すら満足に把握できていないのだろう。

「ここを勝てば、次は君だ――ブラック。私は君と戦い――――」

ぐちゃっ！

嫌な音がした。フルスイングしたゼビルドの拳が、ミュシャの顔面を捉えたのだ。

完璧なクリーンヒットだった。再び闘技場の壁に叩きつけられた彼女はピクリとも動かない。

「くぅううううう！　女を殴る感触はやっぱいい。今ので鼻の骨が折れたろ。まだ意識を失うんじゃねぇぞ。あと二、三発殴って、俺好みに整形してやっからよ」

「ゼビルド……。勝負ありだ」

審判のロードルが忠告する。

だが、それを遮ったのはミュシャだった。

半分意識がないのに、その状態から立ち上がったのである。

「私はまだ戦える！」

その言葉に強い戦意が込められていた。おかげでロードルの判断は一歩遅れてしまう。

待ってましたと、ゼビルドは笑った。

「ひゃっっっっはあああああああ！　立ち上がると信じてたぜ!!」

大きく振りかぶり、ゼビルドは渾身の一撃を容赦なく手負いの重騎士に見舞う。

ミュシャが動く気配はない。目の焦点すら合っていなかった。それでもミュシャは立っている。

本物の覇気を放ったまま。

ゴンッ！

巨大な鐘を打ち鳴らしたような音が響く。熱狂的な歓声は一転して悲鳴に変わった。

闘技場全体が凍り付き、静まり返る。

ゼビルドの拳は完全に木の壁と、その向こうにある土壁にめり込んでいた。

膂力とスキルの威力には驚きを禁じ得ないが、肝心の獲物の姿がない。

「おいおい。これはどういうことだ、ブラックさんよ」

ゼビルドの表情が歪む。その拳の先にミュシャがいない。

代わりに真っ黒な仮面を着けた俺が、立っていた。その胸元にはミュシャを抱《いだ》いている。

突然のブラックの登場に、闘技場内はざわつき始めた。

一方、ミュシャを抱えた俺は、ふっと息を吐く。

あらかじめ調合しておいた毒消し薬を取り出した。ただの毒消し薬ではない。一般的な毒消し草を
乾燥させ、粒状にし、それをゼラチンの膜で覆って作ったカプセル剤だ。

それを水とともに手早くミュシャの喉に流し込む。

しばらくすると、顔色が良くなってきた。

「これで安心だな……」

「ふふふ。あはははははははははははは！」

突然、笑い声が響き渡る。ゲームならボスキャラみたいな雰囲気だが、立っていたのは、魔王はおろか幹部にすら名を連ねられないような三下モブ顔のゼビルドだった。

出る番組を間違えたんじゃないかと思うほど、ヒャッハーと声を上げて興奮している。

「バカだぜ、お前？」

短く罵った後、ゼビルドは審判であるロードルに振り返った。

「しんぱ〜ん。これって反則だよなあ。オレ様の対戦相手はともかくとして、このブラックって奴は次のオレ様の対戦相手だ。仲間を庇ったとしか思えないぜ」

「……その通りだ。第三者による援助があった場合、援助を受けた者は失格。またその第三者が大会参加者であり、かつトーナメントにて生き残っている場合、その者も併せて失格となる」

「つまり、てめぇはここで失格。……自動的にオレ様が決勝に行くってことだ。ゲハハハハ！」

ゼビルドの笑い声が響き渡る。

ロードルは軽く頭を振ったが、言葉では否定しなかった。

「それでいい」

「あん？　なんか言ったか？」

「俺はここでリタイア。それでいいと言ったんだ」

「はあ？　なんだ？　やせ我慢って奴か？　いいね。オレ様は知ってるんだぜ。お前とそいつ、そして通路に立ってる犬耳娘とイチャついているのをな。仲間なんだろ？　それでもいいってか？　随分と冷たいじゃねぇか？」

「問題ない。ミュシャの仇はミィミが取ってくれる」

ミィミやミュシャとは戦いたかったというのは、本当のことだ。

けれど、ブラックはあまりに目立ち過ぎた。優勝なんてしたら、今度は仮面どころか顔まで整形する必要がある。そこまでして、俺も逃げたくはないし、目立ちたくもない。

準決勝ぐらいで退場するのが、ちょうど良かったのだ。

幸い、この中にミィミより強い奴はいないしな。

ただ一つ心残りがあるとすれば、目の前のクズに一発入れることができなかったことだ。

「フフ……。仇ねぇ。討てたらいいねぇ」

ゼビルドは去っていく俺を見ながら、鼻で笑った。


ミュシャを抱えたまま、俺は通路口に戻ってくる。

そこには担架が用意されていた。どうやらミィミが呼んでくれたようだ。

ミュシャはそのまま担架に乗せられ、処置室へと向かう。親友であるアンジェがそれに付き添った。

「ミュシャは大丈夫だ。毒消しは飲ませた。じきに……ミィミ？」

ミィミの身体は震えていた。毒に怯えているのかと言えばそうではない。

浅黄色の瞳を燃やし、眉間に皺を寄せて怒っていた。

「ミィミ、あいつ許せない！　絶対ミィミが倒す！　ミュシャの仇とる！」

「ああ。頼む」

「そして、あるじの代わりに絶対絶対ぜ〜〜〜っっっったい！　優勝する！」

一緒に決勝に行けなくなって、残念がると思ったが、取り越し苦労だったらしい。

俺はミィミの頭を撫でる。それまでピンと立っていた尻尾が、機嫌良さげにユラユラと揺れた。

すると、ミュシャに付き添ったアンジェが帰ってくる。

「クロノさん！　ミィミさん！　ミュシャさんが大変なのです！」

悲鳴じみた声を聞いて、俺はミィミとともに飛び出していった。

◆◇◆◇◆

ブラック、失格によりトーナメント脱落。

その報告を聞いて、デーブレエス伯爵はご満悦だった。

仲間に毒を盛れと命じたのは伯爵だが、まさかブラックまで失格になるとは思わなかった。棚からぼた餅である。おいしい報告を聞いて、デーブレエス伯爵は丸々とした腹を揺らして、軽くステップを踏む。

さぞかし、皇帝陛下も喜んでくれることだろうと思っていたが、反応は真逆だった。

「愚か者が!!」

「ひぃ！　ひぃぃいいいいいいいい!!」

「余はあの男を殺せ、と命じたはずだぞ」

「そ、それは場合によると」

「馬鹿者！　だからといって、ただ失格にする奴がいるか。余に恥を掻かせたあやつは、余裕綽々《よゆうしゃくしゃく》と
この先も暮らすことになるのだぞ。余の気が収まらぬわ！」

「し、失礼しましたであーる！」

「デーブレエス!!」

「は、はひぃ！」

「今度は、あいつの首級《くび》を持って来い。良いな？」

「は？　ははあ！」

デーブレエス伯爵は、またも深々と頭を下げるのだった。


「で？　親父……。どうするんだ？　闇討ちでもすんのかよ？」

執務室に戻ってくると、一仕事終えたゼビルドがソファに股を開いて座っていた。

その前には、カブラザカもいて、爪の手入れをして、暇を持て余している。

デーブレエス伯爵はというと、どっかりと執務椅子に座り、頭を抱えていた。

「そうであーるな。まずはゼビルド、お前の舎弟どもを集めて……」

「そんなことをしなくとも、向こうからやってこさせればいいんですよ、伯爵閣下」

「は？　どういうことですかな、カブラザカ先生」

「わたくしの薬は特別製なんですよ。毒消しも、一時は効いても症状の進行を遅らせるだけでほとんど役に立たない。わたくしが作った薬以外で完治はほぼ不可能です」

「じゃあ、ミュシャって女はどうなるんだ？」

ゼビルドは腕を組む。

「放っておけば、そのまま死亡するでしょうな。だから取引を持ちかけてやるんです。薬をやる代わりに、決勝でわざと負けろとかね」

「奴らが取引に応じるであーるか？」

デーブレエス伯爵は机を指で叩きながら、首を傾げた。

「五分五分といったところですかな。ただ向こうにどうしても賞金を手に入れたい理由があるなら、取引に応じる振りをして、屋敷にある薬を奪いに来るかもしれません」

「なるほど。そこをバシッとやっつけるわけだな。腕が鳴るぜ」

「ああ。坊ちゃまは大会に集中していてください。坊ちゃまには優勝してもらわないと」

「お、おう。そうだったな」

ゼビルドは落ち着きを取り戻すと、ソファに座り直す。

カブラザカの進言を聞いて、デーブレエス伯爵は首を捻った。

「しかし、先生。それでは誰が屋敷にやってくるブラックに対応をするのであーる？」

「わたくしがやりますよ」

「先生が⁉　それは心強いのであーる‼」

デーブレエス伯爵は顎に付いた脂肪をぷるぷる動かして飛び跳ねる。

「あいつらが取引に素直に応じてきたらどうするんだ、先生？」

「そのときは別の手段を考えますよ」

さらりと返すカブラザカにはどこか頼もしさがあった。

そんな姿を見て、ゼビルドは笑う。

「しかし、先生が自ら手を下すとはな。決勝よりそっちのほうが楽しみだ」

「あのブラックを正面から相手するのは気が引けますが、致し方ないでしょう。ただちょっと興味があるんですよ。あの仮面の下、いったい誰なんでしょうね？」

最後にカブラザカは口角を上げるのだった。

◆◇◆◇◆

一度回復したミュシャだが、快方に向かうことはなかった。

どんな薬を試しても、毒の症状が治らない。魔法やスキルを試しても無駄だった。

俺とミィミ、そしてアンジェは毒に苦しむミュシャをただ見ていることしかできなかった。

「これは人工毒だな」

ジオラントで使われている毒のほとんどが、自然の中で採取できる天然毒だ。その毒に対しては、魔法や毒消しが有用であることはもはや常識といってもいい。だが、それが治らないとなると、天然毒とは違う毒——人工毒である可能性が高い。

「ジオラントで人工毒を精製するのはほぼ不可能だ。だが、俺はその精製不可能な人工毒を作る人間に心当たりがある」

「あるじ、誰？　ミュシャ、こんな風にしたの誰⁉」

ミィミはさっきから憤っていた。モフモフの髪の毛と耳を逆立てている。

そんなミィミを宥《なだ》めながら、俺は仮面をしたまま慎重に言葉を口にした。

「俺やミツムネと同じ、異世界から来た勇者だ」

「ゆう…………しゃ…………？」

「おそらく毒を扱うことに長けたクラス【薬師】の仕業だろう。けれど、【薬師】に人工毒を作るスキルなんてものはない。元々毒の知識に精通しているか、あるいはギフトの力なのかはわからないが、そいつがミュシャに毒を盛った可能性は高い」

「じゃあ、その【薬師】ならミュシャさんを治せるのですか？」

ミュシャが毒に倒れてから終始涙目のアンジェが顔を上げた。

「ああ。そいつなら解毒薬を持っているはずだ」

「よーし！　その【薬師】を見つけて、ミュシャを助ける！」

「ミィミ、お前はまだ試合があるだろ。それに【薬師】がどこにいるのかわかっているのか？」

「う……。そうだった」

ミィミはペタリと尻尾を垂らす。肩を落とした少女に、大きな影が被さった。

漂ってきた体臭を嗅いだだけで、ミィミの顔色が変わる。

「よう。お前ら。相変わらず、仲良しこよしだな」

ゼビルドだ。ミュシャに対し非道の限りを尽くしたにもかかわらず、悪びれることもなく医務室に入ってくる。苦しむミュシャの声をヒーリングミュージックにして、耳を傾けていた。ついにはミュシャに手を伸ばしかけたが、寸前のところでミィミが割って入る。

眼光の鋭さは、まさに獲物を睨む赤い狼のようだ。

「ミュシャに触るな」

「怖い怖い。そんな目で睨むなよ。折角、オレ様自らビッグプレゼントを持ってきてやったのに」

黄ばんだ歯を見せて笑うゼビルドを、俺は睨んだ。

「プレゼント？」

「解毒薬さ」

「お前が【薬師】か……？」

「たまたま、たまたまだ。そこで落ちていたのを拾っただけさ。とても貴重な薬だからな。だが、残念なことに隣の屋敷の者に預けちまった」

「ヘタな嘘だな。どうせ条件があるんだろ。その解毒薬をいただける条件が……」

「話が早くて助かるねぇ、ブラックさんよ。でも、負け犬のお前に興味はねぇ」

すると、ゼビルドはミィミに顔を寄せた。

「お前、オレ様のサンドバッグになれ」

「さんどばっぐ？」

「公開処刑だよ。……そこのブラックもそうだが、お前たちは全員目立ちすぎた。本当なら、この剣闘試合がメルエスでの華々しいオレ様のデビュー戦になる予定だったんだ。なのにお前らと来たら……」

「親父？　もしかして、お前の親って。あのデブ伯爵の？　ミュシャに毒を盛ったのって」

「オレ様は何も知らねぇよ。やったとしても、親父が勝手にやったってだけだ。で？　どうなんだ？　はいか？　いいえか？」

随分と堂々とした脅しだ。人に毒を盛っておいて、反省するどころか取引を持ちかけてくるとは……。しかし、俺たちに証拠がないことも事実だった。ここでゼビルドを殴ったところで、解毒薬がすんなりと貰えるとも思えない。

俺たちの選択肢は、残念ながら限られていた。

「いいよ、それで」

「ミィミ……」

「さんどばっぐって何かわからないけど、それでミュシャが助かるなら、ミィミはいいよ」

「よーし、決まりだ。いいか。一歩でも動いてみろ。そのミュシャって女の命はないぞ。まあ、それまでに生きていればいいけどなあ」

ガハハハハハハハ、と豪快に笑いながら、ゼビルドは去っていく。

「いいのか、ミィミ？」

「いいよ、あるじ。ミィミがさんどばっぐになったら、ミュシャが元気になるんでしょ？」

「サンドバッグってのは何もしないで立ってるって意味だ。わかるか？」

「よゆー、よゆー。あいつのパンチなんて全然痛くないもん」

緋狼族の身体能力は俺もよく知っている。ミィミの言う通りゼビルドの打撃ぐらいなら耐えしのぐことはできるかもしれない。でも、平気で毒を使ってくる連中だ。たとえ衆人環視の闘技場でも何をしてくるかわからない。

重い空気が病室に漂う中、アンジェが話題を変えた。

「どうして伯爵様の息子さんが参加しているのですか？」

「大方、優勝賞金と愛蔵の本とやらを取られたくないんだろ」

「それとも一つありますわ。賭け金です」

不意に別の声が、医務室に響いた。

それまで頭を抱えていた医療スタッフたちが立ち上がって。訪問者を歓迎する。ただいるだけで満ちてくる華やかな雰囲気に、俺だけじゃなくミィミや、アンジェの頬ですら赤く染まった。

「ラーラ！」

「おや？　ブラック様、わたくしたち初対面だったはずですが？」

「あ。しまった。す、すみません、ラーラ姫。つい興奮して」

俺は慌てて仮面を確認したが、どうやらラーラにはバレバレらしい。

「うふふふ……。ラーラでいいですよ、ブラック様、それにミィミ様と、えっと、そちらの方は？」

「あ、アンジェです。こんにちは、お姫様」

アンジェは頬を赤くしながら、ペコリと頭を下げる。

「あるじの知り合い？」

「以前、お世話になった人だ。……ビックリしたよ、ラーラ。君が観覧席にいて。しかも、ルーラタリア王国のお姫様とは知らなかった」

「わたくしもびっくりしましたわ。あなたが仮面を着けて闘技場に現れたときは」

ラーラは微笑む。ただそれだけのことなのに、華がある。王族なりの気品というのだろうか。女性としてのたおやかさみたいなのが、現代も含めて今まで出会った女性の中でも段違いだ。

無意識に見つめ合っていると、ミィミが間に割って入ってきた。

「あるじ、耳が赤い」

「い、いや！　ミィミ、これはだな」

「じー……」

ミィミはジト目で睨む。なぜか後ろでアンジェも俺のことを睨んでいた。

二人して、その視線はどういう意味なんだ。

病室ではなんなので、俺はラーラとミィミを外に連れ出す。

誰もいない選手控え室の中で、「賭け金」についての説明が始まった。

「こほん。ところで、ラーラ。賭け金っていったい？」

「デーブレエス伯爵の得意技です。筋書きありの剣闘試合を開き、最後は息子に勝たせて優勝賞金も賭け金も胴元である自分のもとへ、というのがお決まりのパターンのようです。ただ今回は少し違うようですが」

「思いの外、参加者が集まり、皇帝陛下までやってきた。おかげで八百長が仕掛けられなかった？」

「その通りです。それでも随分と強硬な手段に出たようですね。先ほどのお話、こっそり聞かせていただきました。本当に条件を呑むおつもりですか？」

「呑むつもりはないよ。時間稼ぎをする必要はあるけどね」

「なるほど。条件を呑む振りをして、屋敷にあるという解毒薬を奪うというわけですね」

「条件を呑んだとしても、解毒薬をもらえる保証はないからな。それにミュシャの体力が尽きれば、解毒薬は無意味になる」

「なるほど。ですが……」

「ああ。間違いなく罠だ」

ゼビルドは最初から解毒薬を渡すつもりなんてない。そもそも本人が持っているかどうかも怪しい。じゃないとわざわざ屋敷にあるみたいなことは言わないはずだ。おそらく俺たちを屋敷に誘い出したいなんらかの理由があるのだろう。たとえば俺を暗殺したいとかな。実行犯はデーブレエス伯爵とその息子ゼビルドだろうが、命じたのは皇帝陛下に違いない。

よっぽどブラック《おれ》の振る舞いが気に食わなかったのだろう。

「良かった」

「良かった？　どういうことだ、ラーラ」

「用意した甲斐《かい》があった――――ということです」

そう言って、ラーラが広げたのは、デーブレエス邸の見取り図だった。

かなり精緻《せいち》なものだ。家具の位置まで克明に書かれている。

「どうぞお使いになってください」

「他国の貴族の屋敷の見取り図なんてなんで持っているんだ？　ラーラ、君はいったい？」

「ふふ……。通りすがりのお姫様ですわ」

最後に、ラーラは「秘密」とばかりに唇に指を押し当て、微笑むのだった。

第三部 第二話 EPISODE.2

『それでは決勝戦を始めます！』

昼から始まった剣闘試合は、決勝戦を迎えようとしていた。

幾度かの休憩と催しを挟んだことによって、闘技場内は夕暮れ時を迎えようとしている。

窓から赤い陽の光が差し込み、西から東に向かって巨大な影が伸びていた。明と暗——ちょうど闘技場を分かつように明るい場所と、陰になった場所が鮮明に浮き出ている。

『西の方角より、我らが領主様のご子息——ゼビルド・ル・デーブレエス！』

日陰の部分から現れたのは、ゼビルドである。

一回戦を危なげなく勝利し、二回戦ではミュシャに押されながらも、最後は逆転勝ち。さらに準決勝は不戦勝。運もある。始まる前の下馬評では決して高くないダークホース的な参加者だったが、今大会一番のラッキーボーイとして一定の人気を博していた。

だが、そのゼビルド以上の人気を獲得した参加者がいる。

『東の方角にご注目ください。今大会最年少参加者——ミィミ・キーーーーナァァァアアア!!』

赤い耳、赤い尻尾。降り注ぐ夕陽の光の中から生まれたかのようにミィミが現れる。

同時に大歓声が上がった。ミィミとシュプレヒコールが上がり、小さな闘士の登場を歓迎する。

可愛いらしい容姿もさることながら、その戦績も観客を熱狂させるに十分なものだった。

全試合、瞬殺。いまだに一太刀も入れられていない。

赤い超新星は、完全に観客の心を鷲掴みにしていた。

名乗りが終わり、審判のロードルによる説明がなされる。

両者とも互いを睨んでいたが、表情は対照的だ。

ゼビルドは歯茎まで剥き出して笑えば、ミィミは野犬のように低く唸る。

離れるようにと胸を押されると、二人は大人しく従った。

ロードルは観覧席のほうを見る。そこには十人以上の皇軍の兵士がガッチリと天幕を囲んでいた。

中には、戻ってきたばかりの皇帝陛下とデーブレエス伯爵、さらに特別招待されたルーラタリア王国王女ララも着席している。

おもむろに皇帝陛下は立ち上がり、最終戦が始まる闘技場に向かって叫んだ。

「はじめぃ！」

号令とともに、飛び出したのはミィミだった。

対するゼビルドは何もしない。手をぶらりと垂れ、ほぼ無気力な状態だ。

そこにミィミの剣が唸る。だが、ゼビルドはピクリとも動かなかった。

ただし、その目は笑っている。

「――――――ッ！」

ミィミは突然剣を引き、後ろに下がった。不可解な動きに、観客たちがざわつく。瞬殺劇を期待していたのに、ミィミがわざと戦いを中断したように見えたからだ。

後ろに下がったミィミを、ゼビルドが猛追する。

反転攻勢に出ると、思いっきり大曲剣を振り下ろした。

ミィミはかろうじて双剣をクロスさせて、その振り下ろされた剣を受け止める。

互いの顔が接近する中で、先にミィミが口を開いた。

「お前、きらい！」

「心配するなよ、犬っころ。最初ぐらいは付き合ってやる。観客の目もあるからな。けどよ。もしオレ様に当てやがったら、あのミュシャって女は一生助からねぇぞ」

ゼビルドの言葉を聞いて、ミィミの動きが止まった。

その瞬間をゼビルドは見逃さず、ミィミのがら空きになった腹に蹴りを入れる。

思いも寄らない一撃に、ミィミの顔が初めて苦痛に歪んだ。

強烈な一撃をまともに受け、激しく咳き込みながら、ミィミは立ち上がる。

それを見て、ゼビルドは声を上げて笑った。

「フハハハハ！　さあ、虐殺ショーの始まりだ！」

◆◇◆◇◆

闘技場から一際大きな歓声が聞こえる。決勝戦が始まったのだろう。

今頃、ミィミがどんな仕打ちを受けているか考えると、後ろ髪を引かれる思いはある。しかし、これはミィミ自身の望んだことだ。その痛みと、覚悟を無駄にしないためにも、解毒薬を見つける必要がある。

幸い、デーブレエス邸を囲んでいた皇軍は闘技場のほうに移動した。

まだデーブレエス伯爵が抱える私兵が残っているが、俺にはスキル〈霧隠れ〉がある。その有用性は、先のクエストで何体もの魔獣を葬ったことからも明らかだ。

楽々と敷地内に侵入し、真っ直ぐ屋敷を目指す。

すると、足音と動物の鳴き声が聞こえた。

犬だ。敷地内に放たれていた番犬が、〈霧隠れ〉によって姿を隠した俺のほうに近づいてくる。

有用は撤回かもな。いくら〈霧隠れ〉でも犬の鼻を騙すことは難しいらしい。

こういうときの対処法もちゃんと考えているけどな。

俺は懐からあるアイテムを取り出す。

「いぬ〜まっしぐら〜（の〇代風）」

あらかじめ用意していたドライフードを庭に撒く。

普通の番犬は、主人が与えた食べ物以外口にしないようしつけられている。だが、この『いぬまっしぐら』は、そんな調教されている番犬でも食べてしまう。まさに「犬まっしぐら」なペットフードなのである。

案の定、番犬は俺の『いぬまっしぐら』に飛びついた。

貪るように食べ始めた途端に動きを止めてしまう。そのまま横倒しになって、寝てしまった。

犬には悪いが睡眠薬を入れておいたのだ。

「それにしても珍しい犬種だな。ドーベルマンよりも大きいし。見たことがない。ん、待てよ。こいつ、もしかして――」

◆◇◆◇◆

番犬たちを黙らせた後、俺は屋敷の中に入っていく。

「随分と静かだな」

邸内を管理する家臣や給仕がいてもおかしくないのだが、人の気配はまるでない。

さっきまで皇帝という面倒くさい客人がいたのだ。もっとばたついていてもおかしくない。

「なのに、この静けさ……。やはり罠か」

引き続き薬を探すため、俺は廊下を進む。角を曲がった瞬間、電流のようなものが走った。

罠だ。だが、攻撃性のあるものじゃない。事実、俺はダメージを負っていなかった。

しかし、身体を覆っていた〈霧隠れ〉の効果が消える。

俺の身体が、そばの窓硝子に映り込んだ。

魔法解除《ディスペル》系の罠か。

「いるんだろ、そこに……」

「おや。バレていましたか。なかなか勘が鋭いお方ですねぇ」

現れたのは、ひょろっとした中年の男だった。

黒のマッシュルームカットに、黒い瞳。緑のマントを胸の前で留めた男は、同じ緑のグローブをした手を上げて、こちらにゆっくりと近づいてくる。

「あんた、誰だ？」

「私兵ですよ。デーブレエス伯爵に雇われたね」

「その割には派手な恰好をしているじゃないか？」

「もしかして、緑のことを言ってます？　わたくしは好きなんですがね。みんな、地味って言いますけど、そこがいいんです。わたくしはあなたと違って、注目されるのが苦手でね。ほら、戦隊ものでグリーンって、一番印象に残らないでしょ？」

「……あんた、もしかして日本人か？」

「あ。しまった。ずる――」

先に動いたのは、俺のほうだった。

〈貪亀の呪い〉

男は懐に手を伸ばしたが、その前に俺の〈貪亀の呪い〉にかかる。

動きが減速したのを確認した後、俺はさらに〈貪亀の呪い〉を二回かけた。

男の動きがゆっくりというより、ほぼ動かなくなる。

この機を逃す手はない。一気に必勝パターンに持っていく。

〈菌毒の槍〉

トドメとばかりに、男の胸に突き刺した。

肩に直撃させる。傷はあまり深くないものの、みるみる男の顔色が悪くなっていった。

「ちょ、ちょっと……ず、ずるくないですか？　会話をしてる最中ですよ」

「状況的に、敵地にいる俺のほうが不利だからな。先手を打たせてもらった。……そもそもベラベラと聞いてもいないことを喋ったのはあんただろ」

男は血を吐き、ついには蹲《うずくま》る。

〈菌毒の槍〉の毒は容赦なく、男の身体を蝕んでいく。本来魔獣相手に使用する魔法だ。ラウンドタートルのような巨大魔獣だろうと、三十分以内には絶命する。人間であれば、五分と保たない。

「あんたが【薬師】だな」

「なぜ、そう思われるんです？」

「ミュシャに使われていた毒は、ジオラントのあらゆる解毒方法を受け付けなかった。考えられる可能性は、ジオラントにない毒。たとえば、人工毒だ」

「有名どころでは、青酸カリや、サリンといったところですか。……でも、どうやって作るんです？　粗悪品ならまだしも、純粋なものを合成するには大きな装置が必要ですよ」

「ギフトを使ったんだろ？　つまり、あんたも勇者の一人というわけだ」

「なるほど。……思ったより、簡単にバレてしまいましたね。一本とられてしまいました」

「薬を渡せ。そうすればあんたの毒の状態を解いてやる」

「その必要はありませんよ」

男はスッと立ち上がる。何事もなかったようにだ。

俺はすかさず〈菌毒の槍〉を打ち込む。男は仰け反ったがすぐに体勢を整えた。

しかも打ち込んだ傷がみるみる回復していく。毒も回った様子はない。

「仰る通り、わたくしのクラスは【薬師】です。ならわかるでしょ。わたくしに毒の攻撃なんて通じませんよ」

俺は手をかざす。

「じゃあ、これならどうだ？」

〈魔法の刃〉！

無数の青白い刃が男に向かって殺到する。

捉えたと思ったが、男は緩やかに身体を動かし、刃を回避した。

「〈貪亀の呪い〉は効いてるはずなのに」

「動きを遅くする魔法なんでしょ。なら、それより速く動けばいいじゃないですか？　歯の裏に仕込んでいるちょっと危ない筋力増強剤みたいものを飲めば、問題ないですよ」

さすがは【薬師】か。俺も薬に詳しいほうだが、向こうのほうが一枚上手らしい。

俺は腰に差した刀を抜く。こうなれば、接近戦で圧倒するしかない。

一気に間合いを詰めようとした瞬間、俺は足を滑らせた。

ちょっと足がもつれただけだと思い、慌てず立ち上がろうとする。

だが、今度は手に持っていた刀を落としてしまった。視界も二重に見え、指先の感覚がみるみるなくなっていく。動悸も激しい。刀を握るどころか、立っているのも難しくなり、いつしか俺は屋敷の廊下に這いつくばっていた。

「今さら逃げようとしてもだめですよ。そもそも【薬師】がいるってわかっていて、よく来ましたね。それも毒が霧散しやすい屋外ならまだしも、室内に飛び込んでくるなんて」

「な、ん……だ……と……」

うまく舌が動かない。息をすることすら、困難だった。

何度深呼吸しても、肺に空気が入った感覚がまるでしない。

そんな這いつくばるしかない俺を見下ろした男は、俺に向かって深々と頭を下げた。

「まだ名乗っていませんでしたね、ミスターブラック。わたくしはマサト・カブラザカと申します」

「おまえ…………やはり、日本……じん…………」

「ご同郷でしたか、ミスターブラック。名前のセンスからもしやと思いましたがね。あなた、ハズレ勇者でしょ？　隠さなくてもいいですよ。わたくしも別の意味で似たようなものですし」

別の意味で……？　待てよ、マサト・カブラザカ。鏑坂将十《かぶらざかまさと》か。

「お、おまえ……。たしか薬剤師の…………、薬を……横流し…………して」

「おや。そこまでわたくしを知っているとは？　もしかして、わたくしのファンだったりします？」

鏑坂将十……。覚えている。
三、四年前、薬剤師という立場ながら、薬局の薬剤をダークサイトに横流しし、多額の金銭を受け取っていたという小悪党だ。それがバレて、海外へ逃亡。その後も海外で仕入れた薬をダークサイトで売りさばいたりして、生計を立てていたことが警察の捜査でわかっている。

確か病院の医師をしている父親を殺した容疑でも手配がかかっていたはずだ。

その後、行方がわからなくなったというが、まさか異世界にいるなんて。

「自己紹介する手間が省けてしまったのはいいことですが、話すことがなくなってしまいました。強いて言うなら、死んでくださいませんか？」

「くそ！」

俺は魔法〈小回復〉を使う。さらに中級回復薬を飲んだ。

少しだけ身体が楽になったが、症状が多少緩和されたにすぎない。

「無駄ですよ。さっきあなたが言ったんですよ。ジオラントにはない人工毒が使われているって。わたくしのギフト『くすり』はあらゆる毒を作れる。青酸カリでも、サリンでも、もちろん人類がまだ経験したことのない特殊な毒も……」

「人類が……経験した…………ない？」

「無味無臭で、一旦症状が発症すれば、長く苦しみ、その末に亡くなるとかね。わたくしはね。自分の理想の毒を作ることができるんですよ。まさにわたくしに打って付けの『贈り物《ギフト》』だ」

「毒……じゃ、なくて…………薬、の……まちがい、だろ？」

「よく言うでしょ。薬と毒は表と裏。表裏一体なんですよ。ああ。それにしてもいい顔になってきましたね。過度の発汗に、瞳孔の異常収縮……。唾液が止まらないようですねぇ。だらしなく、垂れ下がっていますよぉ。血圧どうですか？　吐き気は？　あはははは！　なんだか診察しているみたいですねぇ。昔を思い出しますよ」

随分とよく喋る。さっきは話すことがなくなったとか言ってたくせに。

ともかくここにいてはだめだ……。どんな毒かは知らないが……。一旦外に……。

いや、待て。外に行っても勝ち目はない。毒が消せるかなんて保証はないんだ。

なら戦うしかない。しかし、どうやって。

今のところカブラザカに有効な攻撃手段はない。〈菌毒の槍〉は通じないし、身体も思うように動かないのでは刀も振れない。〈魔法の刃〉は当たる気がしない。

やはりこの毒をなんとかしなければ……。

俺はとにかくカブラザカから距離を取ろうとする。廊下の角まで来たとき、俺は息を呑んだ。

廊下にデーブレエス伯爵の家臣と思われる人物たちが倒れていたのだ。

「まさか……。死ん…………でる？」

「いいですねぇ！　いい！　その顔ですよ、ミスターブラック！」

振り返ると、カブラザカの表情が一変していた。さっきまで笑っていても、どこか無気力な感じがしたのに、今は若い才能を見つけた教師のように活き活きとしている。

「わたくしはねぇ、ミスターブラック。潜水艦の映画が好きなんですよ」

「潜……水…………か……？」

「サブマリン映画の最後は、主人公が乗る潜水艦がピンチに陥るというものです。敵の魚雷の攻撃を受け、隔壁に穴が開き、水が容赦なく入ってくる。仕方なく隔壁を閉じるのですが、分厚い窓の外にはまだ船員が……。それを窓越しで見送るしかない主人公。仲間の船員は海水を飲みながら、助けてくれ、と叫ぶ。そう。今のあなたの顔がまさにそれです。絶望に顔を歪ませ、それでも何か一つの希望にすがって、最後まで悪あがきしようとしている。わたくしはねぇ。そんな人間の顔を見るのが大好きなんですよ！」

何か一つの希望か……。

そう。希望ならある。細い糸のような希望だが、今はそれに頼るしかない。

俺は道具袋から、〈薬の知識〉で作った煙玉を取り出し、地面に投げつけた。

煙が廊下いっぱいに広がり、俺とカブラザカの姿を隠す。

「ごほっ！　ごほっ！　古典的な手を使いますね。なるほど。洋画ではなく時代劇派でしたか、そのなりで。でも、楽しみですねぇ。あなたがどんな希望を見つけ、そして絶望するのか。わたくしはとても楽しみですよ、ミスターブラック！」

カブラザカの笑い声は、まるで壊れたバイオリンが鳴るようだった。

俺は再び〈霧隠れ〉を使い、身を隠す。罠に最新の注意を払いつつ、鉛のように重たくなった身体を引きずりながら、屋敷の奥へと進む。

そこにはまだ、絶望しかなかった。

第三部

第三話 ―― EPISODE.3

◆◇◆◇◆　ミィミ　◆◇◆◇◆

「はあ……。はあ……。はあ……」

荒い息を吐き出していたのは、闘技場で戦うミィミだ。

全身に無数の打ち身、額から赤い血が流れ、履いてる靴の裏まで染み込んでいる。

ぐったりと闘技場の壁にもたれながら、少しでも体力回復を図っていたが、そんなミィミの思惑を知ってか、ゼビルドは赤い髪を掴み、引っ張り上げた。

「おいおい。もうへばったのか？」

ゼビルドは大きく口を開けて笑い、ミィミの顔面に拳を打ち込んだ。

観客の悲鳴が闘技場に響く。その雰囲気は二分されていた。ミィミを心配する客もいれば、ゼビルドに賭けた博徒たちは「トドメを刺せ」と吠えている。観覧席のデーブレエス伯爵は口角を上げ、ララはキュッと唇を締めて、ショーに耐えていた。

ゼビルドは容赦がない。

良い玩具でも見つけたとばかりに、ミィミの頬を張っては、お腹に打撃を加える。

その度に鼠のような小さな悲鳴が上がった。

「かはっ！　かはっ！」

血反吐《ちへど》を吐きながらも、ミィミは決して「参った」とは言わない。

それどころか顔を上げ、ゼビルドに反抗的な瞳を向ける。

しかし、それは逆にゼビルドの嗜虐心《しぎゃくしん》を煽るだけだった。

「いいねぇ。楽しいねぇ！」

口を目一杯広げて笑ったゼビルドは、再びミィミに向かって、暴力を振るう。

審判であるロードルは止めようとするが、ミィミの目はまだ死んでいない。

まだ何かを狙っているような瞳を見て、ロードルは試合を止めるのを躊躇《ちゅうちょ》していた。

暴力が再開される。剣闘試合はただの残虐ショーと成り果てていた。

◆◇◆◇◆

「ここだ」

朦朧《もうろう》としながらも、俺は記憶したデーブレエス邸の見取り図を頼りに、壁伝いに歩き続けた。

辿り着いたのは、屋敷の最奥にある部屋だ。鍵はかかっていたが、事前にラーラからマスターキーを借りていて、一刻も早く状況を脱したい俺たちの障害にはならなかった。

（本当にラーラは何者なんだ？　どう考えても一国の王女様の領分を超えているように思うのだが）

鍵を開けながら思案したが、詮索してもしょうがない。こうしている間にもミィミはゼビルドに殴られ続けている。頑丈な緋狼族の身体とは言え、絶対なんてものはない。

カブラザカは俺がこの部屋に来ていることに気づいていないようだ。

見取り図によれば、この屋敷には医療室が存在する。

おそらく俺が真っ先に解毒薬を探しに来ると、考えているだろう。

だが、俺の狙いはそっちじゃない。

扉を開くと、あったのは無数の本だった。

デーブレエス伯爵の愛蔵書が収められた書庫である。

小さな図書館並みの蔵書量。たった一人の貴族が抱えているにしては、異常な冊数だ。

普通の魔導書も、上位の魔導書も本棚に並んでいる。よりどりみどりだ。

その書庫にあったのは、本だけではなかった。

ゆらり、と影が揺れる。カブラザカかと思ったが違う。

次の瞬間、闇が蠢《うごめ》くのを見て、俺は重い身体を無理矢理動かした。

〈あんこく〉

咄嗟《とっさ》に伏せた瞬間、頭上を赤黒い奔流《ほんりゅう》が駆け抜けていく。

直線的に射出された魔力の塊は、廊下を一直線に進み、奥の壁に当たって爆発した。

爆音が轟き、砂煙が逆流して俺のところまでやってくる。大量の砂埃がかかり、〈霧隠れ〉の効果が消失した。

すると、書庫の中から男の笑い声が聞こえてくる。

「くくく……。よう。ブラック……。まさかオレの顔を忘れたわけじゃないよな」

「ミツムネ……」

「やはりこっちでしたか？」

嬉々として声を上げ、俺の背後からカブラザカが現れる。

「申し訳ない。罠を張らせてもらいました。あなたの選択肢は三つ。一つは逃げ帰ること。まあ、これはあり得ないと思いました。他人のために貴族の屋敷に忍び込むぐらいです。人の命もかかっている。あなたの症状も危うい。だからこそ、解毒薬がありそうな医療室と思いましたが、なるほど……。第三の選択をなさいましたか。つまり、書庫にて適合する魔導書を探し出し、先にクラスアップを図る。そして起死回生を狙うといったところでしょうか。素晴らしい……。素晴らしい生への執着ですよ、ミスターブラック」

「くっ！」

「しかし奥の手というのは、最後に使ってこそです。さあ、聞かせてくださいよ。死が忍び寄る中、必死に考えた逆転の策……。それを摘み取られた今の気持ちを教えてくださいよ。ねぇねぇ、どんな気持ちですか？」

カブラザカの表情がどんどん悪魔じみていく。

これがこいつの本性。殺人や自殺を考えている若者を中心に薬を横流しし、結果的に二十八人もの犠牲者を出した最悪の自殺幇助者。察するにその人間性は異世界に来ても、変わっていないようだ。

「カブラザカ！　てめぇは黙ってろ！　お前の策に乗ってやったが、ここまでだ。そいつを仕留めるのは、このオレだからな」

「かまいませんよ、ミスターミツムネ。直接手を下すのはわたくしの美学に反するのでね。……さあ、ミスターブラック。どうします？　大ピンチですよ。わたくしとしては、ここを華麗に抜けきってほしいものですがね」

「そんなチャンスはねぇ。ここで仕留めてやる。覚悟しろ！」

ミツムネは手を掲げる。今度は外さん、とばかりに俺を睨め付けた。

その顔を見て、俺は笑みを浮かべる。

「なるほど。奥の手というのは、最後に使ってこそ——か。まったくその通りだ」

「ほう……。起死回生の手があると」

「ああ。ありがとうな、ミツムネ。お前が開けてくれた穴のせいで援軍到着が早まりそうだ」

「は？」

「援軍到着？」

俺は口に指を入れると、鋭い音を立てて指笛を鳴らした。

何かが廊下の奥から走ってくる。チャッチャッチャッと奇妙な音が徐々に近づいてきていた。

既に夕暮れだ。屋敷の奥となるともう暗い。その中で、二対の目がカブラザカとミツムネに襲いかかった。

「い！」

「ぬ⁉」

犬じゃない。それは魔獣の一種だ。

魔犬種ドッグシャンク。Dランクに属する魔獣で、リザルドンと同じく人懐っこい。

千年前でも、貴族の中にはドッグシャンクを飼う者がいた。犬よりも力が強く、魔獣相手にも怯《ひる》まない。五十匹のドッグシャンクを操り、中隊として運用する【魔物使い】もいたぐらいだ。

ドッグシャンクを起こした後、〈劣魔物の知識〉で手懐けた俺は、指笛を鳴らしたら助けに来るようにあらかじめコミュニケーションを取っておいたのである。

Dランクの魔獣など、カブラザカにとってもミツムネにとっても取るに足らない相手だろう。

だが一瞬でいい。一瞬、この二人の動きを止めることができれば、十分だ。

俺は着ていたマントを脱ぎ去り、身体にかかっていた砂埃を払う。〈霧隠れ〉をかけ直すと、ドッグシャンクに手こずるミツムネの横を通り過ぎて、書庫に入った。狙いは『悟道の書』。この山のようにある蔵書の中から探すのはひと苦労だが、『悟道の書』には他の魔導書にはない特徴がある。

即ち、魔導書の中でも別格に分厚いということだ。

「あった！」

広〇苑もかくやという分厚い魔導書を見つける。

千年前、何度も見たから間違いない。

俺は『悟道の書』のある書棚に向かって一気に駆け上がる。

背後でドッグシャンクから解放されたミツムネとカブラザカの喚き声が聞こえた。

「くそ！　逃がすかよ！　〈あんこ――――」

「書庫でギフトはヤバいですよ、ミスターミツムネ！　ここにある本はうちの雇い主のお気に入りなんです。一部でも消滅したなんて聞いたら、逆にあなたが命を狙われますよ」

「うるせぇ！　だったら、オレは皇帝の野郎の命令で動いてんだよ。邪魔すんな！」

ここに来て、仲間割れか。所詮は烏合《うごう》の衆だな。

おかげで俺は『悟道の書』を本棚から引き抜き、ページを捲《めく》ることができた。

光が書庫に満ちる。すると、魔導書の内容が一気に頭の中に入ってきた。

魔導書は読み解くものではない。開くことによって、相手の記憶を塗り替え、その内容を刻み込む。

故に魔導書なのだ。

『「大賢者」のクラスレベルが〝Ⅱ〟になりました』

『スキルツリーの上限が開放されました』

よし！　ここからは一気にいく。

俺は袋の中に溜めていた魔結晶を全て出す。

それを俺に向かってくるミツムネとカブラザカに投げつけた。空中に拡散した魔結晶は暗い書庫の中で星のように瞬く。一方、俺の予想外の行動に、ミツムネとカブラザカは慌てふためいた。

そんな二人に狙いを付けながら、俺は魔法を唱える。

〈魔法の刃〉＋全体化！

無数の青白い刃が、散らばった魔結晶に向かって行く。

全ての魔結晶が細い刃でほぼ同時に射貫いた瞬間、『幻窓』が浮かび上がった。

『スキルポイントを獲得しました。スキルレベルを最大九つまで上げることができます』

『スキル［魔法］のレベルが19になりました』

『〈魔力増強〉を獲得しました』

『〈破魔の盾〉を獲得しました』

『〈歴泉の陣〉を獲得しました』

『〈収納〉を獲得しました』

俺はスキルポイントを全て［魔法］に突っ込んだ。

次の瞬間、闇が閃く。

〈あんこく〉

ついにミツムネがギフトを俺に打ち込んでくる。

デーブレエス伯爵の大量の愛蔵書があるにもかかわらずだ。

「遅い。何もかも遅い！」

〈破魔の盾〉！

俺の前に魔力で作られた盾が現れると、〈あんこく〉の力を無効化する。

この魔法は一度だけ魔力の攻撃から守ることができる。

たとえ、ギフトだろうと無効化は可能だ。ただし一日一回しか使えないけどな。

「な！　オレの〈あんこく〉が消されただと！」

自分のギフトが消されたミツムネは、動揺を隠しきれなかった。

これでいい。俺に〈あんこく〉を防御する手段があると向こうが認識すれば、こっちのものだ。

さて、ここからが希望の細い糸を辿る瞬間である。

俺の予測が間違っていれば、俺の負け。予測が正しければ、この二人相手でも圧勝できる。

今から俺がやることは、この戦いの勝利を決める一手だった。

〈収納〉！

唱えたのは、魔力でできた空間を構築し、そこにほぼ無限に物を入れることができる魔法だ。

「なんだ、ありゃ？」

「ミスターブラック、教えてくださいよ。そんな名前の魔法で、どうやって現状を打破するのですか？」

俺は〈収納〉で開いた穴の中に手を突っ込む。

これは【大賢者】固有の魔法だ。そして、この空間には時間という概念が存在しない。

つまり、千年前のものは千年前のまま存在する。まして俺はかつて【大賢者】と呼ばれていた人間の記憶を引き継ぐ者……。

そう。ここにあるのは、俺が千年前に使っていた道具や装備だ！

「勝ったな」

手から伝わってきた懐かしい感触に、俺は思わず口角を上げた。

握ったそれを一気に引き抜くと、巨大な魔法石が嵌《は》まった杖が現れる。

俺はすかさずミツムネとカブラザカのほうに向かって、掲げた。

〈転送〉

瞬間、俺とミツムネ、カブラザカの姿が書庫から消えた。

◆◇◆◇◆

俺たちが転送された先は背の低い葉が生い茂る湿地だった。

メルエスからそう遠く離れていない西の湿地帯。俺とミィミが密かに特訓していた場所だ。

「なんですか、ここは？　ただの草原のようですが……」

一緒に転送されてきたカブラザカが目を丸くする。

「ふん。おあつらえ向きじゃねぇか。闘技場での借り。ここで返してやるぜ」

邪悪な笑みを浮かべ、ミツムネは大剣を構えた。

しかし、俺は杖を握ったまま蹲る。

直後口から血を吐いた。既に身体が硬直し、指一本動かすのも難しくなってきている。

毒にかかって、もう二十分以上が経過していた。クラスアップを果たすことはできたが、カブラザカが仕込んだ人工毒はまだ取り除けていない。

「なんだ？　ボロボロじゃねぇか。いいぜ。それはそれで楽しみがいがあるってもんだ」

「どうしました、ミスターブラック？　あなたはこんなものですか？　残念です。どうやらあなたを過大評価していたようですね。クラスアップして、大逆転するのではなかったのですか？」

「はあ……。はあ……。はあ……」

「つまらないですねぇ。ただわたくしたちを転送しただけ。闘技場からわたくしたちを遠ざけただけでは毒は消えませんよ。それにそもそも解毒薬なんてものはないんですから。はは……。言っちゃった。これは最後まで言わないでおこうと思ったのですが。いけないですねぇ。わたくしの口は軽すぎる。さて、今衝撃の事実を聞いたあなたの表情はどうでしょうか？　ここまでやって。死にそうになりながら、目的のものがないということを聞いたときの顔……。どうぞわたくしに見せてくださいよ」

「はあ……。はあ……。……ふふ。だろうな」

俺は顔を上げて、目一杯笑った。

「解毒薬がないなんてことは、初めからわかっていたよ。普通万が一を考えて【薬師】ってのは毒と一緒に解毒剤を作るものだが、作ってないいんだろ？　お前はそういう奴だ」

「なんだ、わかっていたんですか」

「だけど、お前は一つ見落としている。異世界の人間であるお前が知らないのも無理はないが、スキルや魔法で作り出したものは、術者の死によって解除されるんだよ」

「知っていますとも……。でも、そんな身体でわたくしを殺すことができますか？　そばには優秀なボディーガードだっているんですよ」

「いつの間にオレはお前のボディーガードになったんだよ」

「言葉の綾ですよ、ミスターミツムネ。さあ、どうぞ。サクッとやってください。抗うことをやめた人間の顔なんて、まったく興味がないので」

「てめぇに言われるまでもねぇ。とっととぶっ殺す！」

ミツムネは大剣を肩にかけて、近づいてくる。

俺は一歩も動かない。動けないのだ。ただ息を荒く吐き出すしかないが、それすらも困難になりつつあった。それでも、俺の意思は決してくじけない。

「抗うことをやめたんじゃない。もう既に俺ができることはやりきったんだよ、カブラザカ」

「は？　何を言っているんですか。そんな状態で」

「不思議に思わなかったのか？　人工毒を操るお前に、無策で飛び込んで、まんまと毒にかかってしまった相手のことを、一度でも疑問に思わなかったのか？」

「まさか……。わたくしの毒をわざと受けたとでも言うのですか？」

「俺は現代人だぜ。人工毒に対する対処ならわかっている。難しいかもしれないが、対人工毒用のフィルターを作って対策できたかもしれない。なのに、俺は真正面からお前に突っ込んでいった。それは俺の計算のうちだとは考えなかったのか？」

「はあ？　なんのために？」

「お前の好きな戦隊ものにもあったろ？　味方がピンチになると発動するスキルや、魔法や必殺技を使うキャラクターがな」

俺とカブラザカの会話を聞いて、ミツムネは剣を構えたまま固まった。

「まさか……、てめぇ。そのためにこいつの毒を受けたっていうのかよ」

「いや、いやいやいやいや……。あり得ないでしょ。ダメージを受けるためにわざと毒を受けるなんて。なんですか、それ?」

カブラザカは頭を何度も振る。その表情は一転して、青白くなっていった。

そして、ついにあの『幻窓』が俺の前に開かれる。

『呼吸、脈拍の乱れから危機状態にあると判断。また周囲に敵性反応を確認しました』

『固有スキル【隕石落とし《メテオラ》】の発動条件を満たしています』

『発動しますか? Y/N』

その『幻窓』に目を細めながら、俺は最後に言った。

「お前たちは最初から俺の手の平の上で踊っていたんだよ」

迷いはない。

これは報いだ。俺に優しくしてくれた人たちを傷付けた者への……。

「YES!」

『広域殲滅魔法【隕石落とし《メテオラ》】の発動が承認されました。カウント開始します。3、2、1』

ゼロ発動……。

夕焼けと夜闇の狭間《はざま》で無数の星が流れる。

その光は次第に大きくなり、轟音を上げながら、こっちに向かってきていた。

カブラザカは悲鳴を上げ、ついに踵を返して逃げ始める。それに気づいてミツムネが後を追ったが、その前にカブラザカは足を取られた。そのまま湿地帯を流れている小川に突っ込むと、跳ねた泥を全てかぶる。

綺麗な小川に映り込んでいたのは、己の絶望した顔だった。

理想に近い表情を見て、カブラザカの心に浮かんだのは、恐怖という初めての感覚だった。

「やめろ。やめてくれええええええええええええええ!!」

大口を開けて叫んだ稀代の犯罪者は、隕石の落下した衝撃の中に消えるのだった。

◆◇◆◇◆

顔面にゼビルドの拳がヒットする。

軽いミィミの身体は砲弾のように吹き飛ぶと、闘技場を囲う木製の壁に突き刺さった。

あちこちに血が垂れ、折れた牙が硬い床に落ちている。

常人であれば、とっくにストップがかかっていただろう。

それでも、試合が止まらないのは、ミィミが立ち上がろうとするからだ。

闘技場は静まり返っている。敬意と祈りを込めるように両手を組み、観客たちは不屈の闘志を見せる小さな戦士に静かなエールを送っていた。

ミィミの粘りに心変わりしていたのは、観客だけではない。

ゼビルドもまた焦っていた。全力で殴り、蹴り、叩きつけているのに、ミィミはゾンビのように立ち上がってくる。心が折れるどころか、その身体すら壊すことができていなかった。

次第に惨めな気持ちになってきたゼビルドは、最後に渾身の力を込めて、ミィミにとどめの一撃を叩き込む。

「これで終わりだぁ!!」

およそ人を殴ったときに起こる音ではなかった。

このとき、誰もが思った。終わったと……。

そばにいて、常にそのミィミの闘志に敬意を払ってきた審判ロードルですら、そう感じていた。

「ミィミ!」

突然、誰かが彼女の名前を呼んだ。

ゼビルド、ロードル、そして観客の視線が通用口のほうに向けられる。

立っていたのは、アンジェに肩を貸してもらったミュシャの姿だ。

まだ本調子ではないにしろ、その顔色はかなり良くなっていた。クロノがカブラザカを倒したことによって、ギフトで作った毒の効果が消滅したのだ。

「立って戦ってくれ! 私のためではない! 自分のために!!」

「チッ! 大言を吐いておいてカブラザカの野郎、しくじったか! だが、一歩遅かったな。今、決着したところだ。おい、審判。終わりだ」

ゼビルドはミィミに背を向けると、ロードルに向かって怒鳴る。

しかし、ロードルは手を上げなかった。彼はジッと何かを見ている。

勝者であるゼビルドを見ているのかと思ったら、そうではない。

ロードルはこの戦いの間、ずっとミィミの目を見ていた。

虚ろだった少女の瞳が、オアシスの水でも浴びたかのように輝いていく。

ゆらりと立ち上がると、後ろを向いたゼビルドの肩を叩いた。

「おじさん、どこを見てるの？」

「あん？」

ゴンンンンンンンンンンンンンンンンンンッ!!

それはこの闘技場で振るわれたどんな暴力よりも激しい音がした。

ゼビルドの巨体が、先ほどのミィミと同じく吹き飛んでいく。

そのまま反対方向の壁に突き刺さり、大穴を開けた。

「な…………なん……？」

ゼビルドに意識こそあったが、鼻骨が完全に口蓋に向かって凹んでいる。

もんどり打つゼビルドを見ながら、ゆっくりとミィミは立ち上がった。

その雰囲気はどこか優雅だ。大きく伸びをし、軽く肩を回す。今ベッドから起き上がったばかりのように欠伸をした。

「は〜あ……。やっと終わった。ずっと叩かれるのって案外退屈なんだね〜。もう少し長かったら、眠っちゃうところだったよ。ふわ～あ……」

「あ、あんだけぶん殴ったのに……。なんで立ち上がれる？」

「なんで？　おじさんの攻撃、全然痛くなかったよ」

「は――――っ？」

「きっとミィミが小さいから手加減してくれたんだね。最初は嫌いだったけど、おじさんっていい人だったんだ」

「て、てめぇからかってんのか!!」

「じゃあ、ミュシャも元気になったし。今度はミィミの番だね」

ミィミの髪がふわりと揺らぐと、闘技場の空気が一変した。

三下といえど、ゼビルドにもわかったのだろう。ミィミから放たれる匂い立つような覇気を……。

千年――――真の地獄を知る戦士の殺意を……。

「昔ね。『剣神』が言ってたんだ。ライオンを狩るときも、蟻を踏み潰すときも常に全力でやりなさいって……。だから、優しいおじさんにミィミの本気を見せてあげる」

ミィミは四つん這いになると、瞳を光らせ、吠えた。

ギフト『へんしん』

直後、小さなミィミの身体が肥大していく。褐色の肌からふさふさとした赤い毛が炎のように伸び上がり、彼女を包む。折れた牙は元通りになり、手や足の爪が鉤のように伸びて、床に突き刺さった。

可愛い鼻は前に向かって伸びていき、目が鋭く吊り上がっていく。

少女の姿はいつしか巨大な狼へと変貌していた。

これにはゼビルドはおろか、そばにいたロードルも呆気に取られる。

観客席からは悲鳴が上がり、観覧席の貴賓客たちも口を開けて固まっていた。

ミュシャやアンジェも、初めて目にするミィミの真の姿に息を呑む。

闘技場が騒然としていても、ミィミは全く動じない。

モフッとした尻尾をくるりと動かし、地面を叩く。緋狼族の威嚇の合図だ。

フッと息を吐くと、殺気を含んだ冷たい獣臭がゼビルドの鼻をくすぐった。

たったそれだけのことだったがゼビルドの意志を折るには十分だったらしい。腰砕けになると、女の子座りをして、その大きな狼を見上げた。

「ひぃ……。ひぃ……。おた、おたすけを！」

「やめろ！　やめるのであーる！　審判！　試合を止めるのであーる！」

デーブレエス伯爵親子は揃って、試合を止めることを懇願する。

審判であるロードルはため息を吐いた。

「それは山々なのですが……。巨大な狼に人間の言葉が通じるかどうか」

「はっ？」

「そうだ。【魔物使い】のクラスの方を呼んで、通訳してもらいましょう。【魔物使い】の方！　もしいらっしゃるならどうか出てきてください。……出てきませんな。弱りました」

「ふざけるなであーる、ロードル！　止めろ！　止めるのであーる！」

デーブレエス伯爵はなおも叫ぶ。

しかし、観覧席を守る皇軍も、伯爵の私兵たちも、当然観客も誰もミィミがこれから行う蛮行に対して、止めに入らない。今のミィミに忠告できる者などいなかっただろう。

ミィミは大きく口を開ける。

「ひぃ！　ひぃいいいいいいいいいいいいいいいいいいぃ!!」

ぬらりと滴る唾液を見て、ゼビルドは悲鳴を上げる。

下半身から湯気が上がり、青い鶏冠のような髪がズレて、闘技場の床にパサリと落ちた。

ミィミは牙を引く。実際、その牙はほとんどゼビルドに触れていない。

ただ滴った唾液が、ゼビルドの肌に落ちただけだった。

「あれ～。まだ何もしてないのに寝ちゃった。おじさん、戦いの最中に寝ちゃだめだよ」

ミィミはくるりと向きを変える。次の瞬間、尻尾を鞭のように振るうと、ゼビルドの顔面を捉えた。

意識を失ったゼビルドに抗う術はなく、反対側の壁まで吹き飛ぶ。

「勝者――――ミィミ！　よって剣闘試合優勝者はミィミ・キーナ！」

「やったぁぁぁああ!!」

ロードルの力強い宣言を聞き、ミィミは飛び上がる。

一方、失禁に加えて、本当の正体を晒してしまったゼビルドは闘技場の人気者ではなく、笑いものとして名を残すこととなった。

「ふざけるなであーる！」

闘技場が笑いと拍手に包まれる中、デーブレエス伯爵だけが怒りを露わにしていた。

天幕が払われた観覧席を飛び出し、闘技場のほうまで下りてくる。真っ白な頬は紅潮し、数段階段を下りただけなのに、もう息切れしていた。そうしてデーブレエス伯爵は転がり込むように闘技場に躍り出る。大股で中央に向かって進むと、審判であるロードルに突っかかった。

「反則だ！　こんなの反則であーる！　あんな化け物に変身するなぞ聞いていないのであーる！」

「反則じゃないもん！　ミィミはギフトを使っただけだもん！」

大狼になったミィミは金色の瞳を細め、デーブレエス伯爵を睨む。

それを見た伯爵は、素早くロードルの後ろに隠れる。デーブレエス伯爵とゼビルドの親子はさほど似てないように見えるが、怯えた表情においてはそっくりだった。

ロードルは自分の背後に回ったデーブレエス伯爵に振り返り、ミィミの意見に同意する。

「ミィミ殿の言うとおりです。禁止されているのは、中・遠距離の魔法やスキルのはず。肉体強化系の魔法やスキルは許可されています。確かにミィミ殿の姿が変わったことについては私も驚きましたが、変身もまた肉体強化の一部という解釈が可能かと」

「うるさい！　主催者の我が輩が認めぬのであーる！」

「今さらおっしゃられても困ります。そもそも規定を作られたのは閣下ご自身ではありませんか。ルールを主催者の一存で変更されては、試合が成り立ちません。まして、今大会は賭け事が許可されております。……それとも、ミィミ殿が優勝されては何か不都合なことでもあるのですかな？」

「ひっ！」

それまで我がままな主催者を静かに諭していたロードルであったが、最後の一言には何か殺意めいたものが込められていた。その気配を敏感に察した伯爵閣下は、思わず仰け反る。ペタッと地面にお尻を着けても、味方するものは誰もいなかった。

それどころか、その頭にまたも小石を投げつけられると、観客から罵声を浴びせられる。

「どう考えても、ミィミちゃんの勝ちだろ！」

「ひっこめ！　このデブ伯爵！」

「お呼びじゃないんだよ！」

「金返せ！」

観客たちは殺気立っていた。中には相当な額を賭けに突っ込み、敗れた博打打ちも含まれている。

しかし、ゼビルドとミィミの戦いに関して、再戦や、不平不満を口にする観客は皆無だった。

自分に味方がいないとわかると、デーブレエス伯爵はがっくりと項垂れる。

すっかり意気消沈してしまった伯爵に、ロードルが追い打ちをかけた。

「さ。デーブレエス閣下、どうぞ身なりをお整えください」

「今さら、我が輩に何を繕《つくろ》えというのだ」

「何を仰っているのです。今から表彰式を執り行います。褒賞の準備はよろしいですかな？」

「褒……賞…………」

ぽつりとデーブレエス伯爵は呟く。

すると、さっきまで赤くなっていた顔がみるみる青ざめていった。

褒賞は用意されている。だが、そこに入っているのは金貨三百枚などではない。銅貨が入った袋だけだ。本来、八百長によってゼビルドが勝ち上がり、渡す予定になっていた。賞金だけではなく、副賞もだ。

ところがゼビルドが負けたことによって、全て狂ってしまった。

今から金貨三百枚を集めるなど不可能。

そもそもデーブレエス伯爵家は、当主自身の蒐集《しゅうしゅう》癖のおかげで火の車なのだ。

だから、手っ取り早く稼げる剣闘試合を開催し、そこで胴元となって得た金を借金返済に充ててきた。金貨三百枚など、逆にほしいぐらいなのだ。

「どうしました？　よもや賞金がないとは仰るまいな。既にあなたは胴元として、相当な額を稼いでいらっしゃるはずですが」

「そ、それは…………」

途端声のトーンが落ちる。ついにデーブレエス伯爵はロードルの眼差《まなざ》しから逃げてしまった。

その伯爵閣下がすがったのは、同じく観覧席から激闘を見つめていた皇帝陛下だ。

「へ、陛下！　ど、どうかお助けください」

「…………」

「わ、我が輩は陛下の御身のためを思って」

「なんのことかわからぬな、デーブレエス伯爵」

「なっ！」

「賞金と副賞を決めたのもそなた……。この剣闘試合を言い出したのもそなた……。余はただ来賓に過ぎぬ。大会のことは大会主催者であるそなたが決めたことだ。余は一切関係ない。違うか」

ぐぅの音も出ない正論だった。確かにブラックを殺せ、とは命じられたが、大会の進行や賞金はデーブレエス伯爵の管轄である。皇帝がやったことといえば、精々皇軍による警備と、審判にロードルをつけ、さらに勇者を参加させたことぐらいだった。

デーブレエス伯爵は結局闘技場に手を突き、項垂れる。

拳を握りながら、表情に無念さを滲《にじ》ませると、被っていた鬘《かつら》がついに地面に落ちた。

「仰る通りかと……」

「うむ。……余は体調が優れぬ。悪いが表彰式は欠席させてもらうぞ」

「お待ちください、フィルミア皇帝陛下」

観覧席から立ち上がった皇帝陛下の前に立ったのは、ラーラ姫であった。

「ラーラ姫、そなたも欠席か？」

「いえ。恐れながら、陛下。……陛下に会っていただきたい方がいらっしゃいます」

「それって、俺のことか？」

観覧席に入ってきたのは、黒い仮面を着けた男――ブラックだった。

◆◇◆◇◆

ラーラと再会したとき、俺は事前にあることを頼まれていた。

俺はその頼みごとを叶《かな》えるため、こうして闘技場に戻ってきたというわけだ。

「あるじ！」

目を輝かせ、尻尾を振ったのはミィミだった。

大狼の姿から、いつもの可愛い狼耳《おおかみみみ》の少女に戻る。

残っていた回復薬を全部飲んで、ひとまず体力を回復させた俺は、尻尾を振った相棒のほうを向いて頷いた後、観覧席で対峙《たいじ》するラーラと皇帝のほうに向き直った。

ラーラの合図を受けて、俺は手をかざす。

〈収納〉

異空間の穴が開くと、それは波のように広がる。

それを見て、瞼を大きく広げたのは、皇帝陛下ではない。

ぼんやりと闘技場から見守っていたデーブレエス伯爵だ。

それまでガックリと肩を落としていた伯爵は、ピシッと立ち上がると、その身体とは裏腹に観覧席まで全速力で駆け上がってきた。

まさしく闘牛のように鼻息を荒く吐くと、観覧席に広がったものを見て叫んだ。

「や、やっぱり！　こ、これは我が輩の魔導書《コレクション》であーる!!」

デーブレエス伯爵は地面に無造作に置かれた魔導書を拾い上げる。その姿を見ながら、ラーラは冷然と笑みを浮かべた。

「今、我が輩の魔導書——と仰いましたか、閣下？」

「その通りであーる、ラーラ姫。……ブラック！　今度こそ許さんぞ。いや、化けの皮が剥がれたであーるな。優勝できないからと、我が屋敷に忍び込み、魔導書を盗もうとするなど盗人《ぬすっと》の所業であーる」

「盗人猛々しいのではありませんか？」

魔導書を胸に抱え、俺を糾弾するデーブレエス伯爵に向かって、ラーラは声を荒らげる。

普段なら無償の笑顔を振りまくラーラが、このときばかりは鬼のような形相を浮かべていた。

その迫力に、デーブレエス伯爵は目を点にする。持っていた魔導書を取り落とすと、再び地面に広がった。ラーラはそれを拾い上げ、表紙を返し、裏表紙を見せる。そこには複雑な模様をしたサインが描かれていた。

簡単な魔法文字だ。誰の所有かを示すもので、一度付与すれば書き換えることはできない。

ちなみに『ルーラタリア所蔵』と書かれていた。

「これはルーラタリア——つまり我が国が貴国にお貸しした魔導書になります。……どうして『我が輩の魔導書』などと言えるのでしょうか？　そもそも我が国は閣下にお貸ししたつもりは一切ありません。確かに我が国は皇帝陛下ならびにティフディティリア帝国にお貸ししました。しかし貴族の方といえど、また貸しは御法度なはずです」

クラスアップを促す魔導書は、武器や防具といった武具のうちに数えられる。

現代風に言えば、魔導書の貸し借りは銃火器などを貸与することに等しい。魔導書は一回きりのアイテム魔導具ではなく、回し読みが可能なので、クラスアップが自由になれば逆に悪意を持った者に使われる可能性がある。そのため借りたものがどこにあるかをきちんと把握する必要があるのだ。

ここまでのラーラとデーブレエス伯爵のやりとりを、我関せずといった構えで見ていた皇帝陛下だったが、ついに表舞台に立つときがやってくる。

それを告げたのは、観覧席までやってきたロードルだった。

「恐れながら申し上げます、陛下。私はラーラ姫からご相談を受け、ルーラタリア王国から借り受けた貴重な魔導書の行方を追っておりました。既に内大臣にはご報告申し上げていたのですが、何か聞いておられませんか？」

「――――ッ！」

皇帝陛下は喉を詰まらせ、激しく咳をする。

大方、剣闘試合にかこつけて、問題を放置していたのだろう。いや、皇帝のことだ。わからないならわからないままで、自国のものにしようとしていたのかもしれない。

借りパクとか小学生かよ。

「内偵の結果、デーブレエス伯爵家に持ち込まれたことがわかりました。どうやら、魔導書の管理業務を行っていた官吏《かんり》が、デーブレエス伯爵に多額の借金をしていたようです。おそらく賭け事でしょうな。既に八百長の証拠も掴んでおります」

「なるほど。魔導書の管理者に剣闘試合の賭け事を持ちかけ、八百長試合で借金をさせる。その借金のカタとして、ルーラタリア王国から借り受けた魔導書を横流ししてもらったというわけか。これは余罪もありそうだな」

俺が話をまとめると、ロードルは神妙な顔で頷いた。既に調べはついているのだろう。

人畜無害な顔をして、この伯爵閣下もなかなか鬼畜だったというわけだ。

「陛下……。どうやら今回の件、デーブレエス伯爵の悪行であることは明白のようですね。証拠もこうしてありますし。何よりデーブレエス伯爵自身が自白なさいました。『我が輩の魔導書』と」

最後にラーラがデーブレエス伯爵に引導を渡す。

もはや言い逃れできなくなったデーブレエス伯爵は、膝から崩れ落ち、項垂れた。

右から左に事件があっさり解決したのを見た皇帝陛下は咳払いをする。

「ごほん！　う、うむ……。む、無論だ。我が国とルーラタリア王国とは五十年に亘《わた》り、友好的な関係を結んできた。その一環として貴重な魔導書を貸与していただいた。そこに不正が行われたというのであれば、当然、厳しく断罪せねばならん」

「ありがとうございます、陛下。……また今回、軍の管理官でもあるロードル様を介したとはいえ、内政干渉を疑われてもおかしくない言動が多々ございました。それについては謹んでお詫び申し上げます、陛下」

「我々の足が鈍かったことから、貴国をやきもきさせたことは事実。その気持ちは重々理解できるというもの。むしろ女性の身でありながら危険を顧《かえり》みず、こうして証拠を揃え、我が国の膿を搾り出してくれた、その勇気を讃えたい」

「ご理解いただきありがとうございます。そうですわ、皇帝陛下。勇気と仰るなら、どうぞブラック様のことも褒めてあげてくださいませ」

「はっ？　なぜ、余がこんなあやし――――ごほん。ひ、姫。この者が何をしたというのだ？」

「デーブレエス伯爵が、我が国の魔導書を不当な方法で横流ししていたことは確信しておりました。しかしながら内偵においても証拠を掴むことはできませんでした。書庫は常に厳重な警備で守られていたからです」

「な、なるほど」

「しかし、ブラック様は己《おの》が身を犠牲にして書庫に侵入し、証拠品を持ち帰られた。きっと番犬も、用心棒も、とっても強い勇者様もいたことでしょう。幾多の試練に打ち勝ち、ブラック様は今、御身の前に立っていらっしゃるのです」

「い、いや……。ら、ラーラ姫……。よ、余は…………」

「陛下？　何を躊躇っているのですか？　もしかして魔導書が戻らなくて良かったとお考えなのでしょうか？　それでは貴国が他国の魔導書を不正に取り扱い、財産にしようとしていたことをお認めになるようなものですが……。そうなれば他国から魔導書を集め、貴国が戦争の準備をしていると口さがない者たちが騒ぎ出すでしょう。我が国としても貴国に今後の魔導書の貸与を禁止せざるを得なくなりますが、いかがでしょうか？」

ラーラ、こえぇ……。

魔導書一つで、そこまで脅しをかけるか。

翻ってみれば魔導書はそれだけ戦略的に重要ということだろう。勇者召喚によって、どんなにレアで有能なクラスが来ても、クラスアップができなければ宝の持ち腐れだからだ。

俺は以前、ティフディリア帝国が密かに軍備を増強しようとしていることを死体漁りから聞いた。

星の導きの数が多ければ多いほど、魔導書のレアリティも上がり、数は限られてくる。戦争がしたい帝国としては、超レアな魔導書を他国から貸与できる権利をギリギリまで保有しておきたいはずだ。

たぶんティフディリアが戦争に向けて準備を始めていることは、ラーラはおろか他国にも知れ渡っているだろう。だが、帝国としては今、被っている羊の皮を脱ぐ段階ではないのだと思う。

しかし今ここで魔導書を取り戻した英雄に感謝の意を述べなければ、やはり帝国に含むところありと疑惑を持たれてしまう。ルーラタリアだけではなく、他国も魔導書の貸与を拒む可能性が出てくる。

それは帝国が望むことではないだろう。ラーラはそれを知った上で、やんわりと脅しているのだ。なんて強心臓なお姫様なんだ……。

つまり、ここでヘタに拒否すれば、まさに疑惑を深めることになりかねないのだ。

その皇帝陛下の一挙手一投足を、多くの観客が見守っていた。

ここで疑惑を晴らさなければ、国民の間にすら疑いを持たれかねない。

まさに今俺が言ったことは、全て皇帝陛下の表情から窺い知れることであった。

眉間《みけん》に皺を寄せ、誰ともわからぬ方向に視線を向けている。だが奥歯を噛みしめ、固く閉じた口の中から、その本音が漏れることはなかった。

「ブラックよ……」

「は、はい」

「近う寄れ」

言われるまま近くに寄ると、俺は周囲からの指摘を受け、膝を突いた。

皇帝は俺に手の平を向ける。

「悪鬼・奸物どもがひしめく牙城に忍び込み、我が国とルーラタリア王国にとって重要な魔導書を回収した功績、見事であった。ティフディティリア帝国第二十代皇帝フィルミア・ヤ・ティフディティリアの名において、ブラック――そなたを讃える。そなたこそし、しし、真の勇者だ」

……無茶苦茶嫌がっているじゃないか。

そもそも何が真の勇者だ。俺はあんたに追放されたハズレ勇者だぞ。今頃、真の勇者とか言われても、遅すぎるわ――と言いたいことは山ほどあるが、ラーラに免じてここはこれぐらいで勘弁してやるか。

それにしても皇帝陛下は面白い顔をしていた。

半分笑い、なぜか半分怒っている。実に器用な表情だ。

この顔を見られただけでも、苦労した甲斐があったかもしれない。

「過分なお言葉を賜り、ありがとうございます、陛下。真の勇者と言っていただいた以上、勇者の手本としてこれからも精進してまいります」

瞬間、一際大きな歓声が鳴り響く。

指笛が鳴り、花火が打ち上がると、どこからか花吹雪が舞い降りてきた。

歓声に押されたのか、遅れて吹奏楽器が高らかに響く。

ブラック！　ブラック！　とシュプレヒコールが波のように闘技場全体に広がっていった。

真の勝者はお前だと言わんばかりにだ……。

「どうか、民の声に応えてあげてください、真の勇者ブラック様」

ラーラに背中を押され、俺は天幕から出ていく。

言われるまま手を上げると、歓声のボリュームがさらに上がった。

万雷の拍手が俺を包み、ブラックこそ真の勇者という言葉が変わる。

悪い気分ではないのだが、千年前を思い出してしまった。

こうやって国民にあおり立てられ、英雄に仕立て上げられたんだよなあ、俺。

まずいなあ。今回はなるべく目立たないって決めていたんだが。

魔王の次は、大国の戦争を止めるとか、絶対にイヤだぞ。ミィミと一緒にスローライフするんだからな、俺は。

するとそのミィミが階段を駆け上がり、俺の胸に飛び込んできた。

「あるじ！」

「っと――――。ミィミ、よくやってくれた。痛くなかったか？」

「全然！　あるじのほうこそ大丈夫？　ポンポン、痛くない？」

「痛くはないけど、お腹は空いてるな。ミィミは？」

「うん！　ミィミもお腹空いた！」

ミィミはギュッと俺に抱きつき、満面の笑みを浮かべた。

メルエスに真の勇者が降臨する。その噂はデーブレエス伯爵の失脚とともに、ティフディリア帝国国内のみならず、ルーラタリア王国など列強国に知れ渡った。

後にメルエスは『真の勇者』ブラックの誕生の地として有名になるが、その勇者が再び街に現れることはなかった。

◆◇◆◇◆

完全に毒の影響がなくなったミュシャは今アンジェとともに、クロノとミィミを捜していた。

通用口のほうにはおらず、控え室にも帰っていないらしい。

「もしかして、クロノ殿。あのまま出ていったのだろうか」

「そんな！　わたしたちに何も言わず出ていくことなんてあるのですか？」

「そうだな。クロノ殿はともかく、ミィミはもうちょっと義理堅いと思うが」

「そのミィミさんもいないのです」

「なに……!?」

瞬間、ミュシャとアンジェの頭の上に、良からぬ妄想が思い浮かぶ。

黒板の文字を消すように頭から排除をすると、ミュシャとアンジェは捜索を続けた。

すると、通用口のすぐそばにあった倉庫からかすかな息づかいが聞こえてくる。

思い切って中を覗くと、壁にもたれかかっているクロノと、その肩を枕代わりにして眠るミィミの姿があった。

二人とも相当疲れているらしく、まるで恋人のように手と手を重ね眠っている。

主従の固い絆が窺える光景を見て、ミュシャとアンジェの口元は自然と緩んでいった。

「よく眠っているのです」

「しー。このまま寝かせておいてやろう」

倉庫の扉をそっと閉め、ミュシャとアンジェは部屋を後にするのだった。

【名前】クロノ・ケンゴ
【ギフト】おもいだす　LV　Ⅱ　【クラス】大賢者　LV　Ⅱ
【スキルツリー】LV　39
［魔法効果］LV　10　［知識］LV　10　［魔法］LV　19
魔力　50％上昇　賢者の記憶　魔法の刃　魔力増強
魔力量　50％上昇　劣魔物の知識　貪亀の呪い盾　破魔の盾
魔法速度　50％上昇　薬の知識　菌毒の槍　歴泉の陣
弟子の知識　小回復　収納
【固有スキル】【隕石落とし《メテオラ》】
【緊急離脱《エマージエンシー》】
【装備】魔導士のローブ　三角帽　日本刀

第三部

エピローグ

EPILOGUE

かくしてメルエスで行われた剣闘試合は閉幕した。

デーブレエス伯爵による魔導書の詐取事件。

さらに各地で行われた剣闘試合での八百長。

罪を問われたデーブレエス伯爵は即日逮捕され、息子と一緒に帝都に送られた。

観客の一部からは八百長による返金が求められたが、そこはジオラントである。賭け事は自己責任と突っぱねられ、残念ながら返金とその補填は一切なかったらしい。イカサマや八百長も、賭け事の醍醐味の一部なのだそうだ。

中にはデーブレエス伯爵の八百長を初めから知って、賭けをする強者もいたようだ。胴元も胴元だが、それに乗っかる輩も、なんとたくましいことか。

残念なお知らせがもう一つある。賞金の金貨三百枚は泡と消えてしまった。

支払う人間が投獄されてしまったのだ。この件について、ティフディリア帝国が補填することもないらしい。その代わり、俺が勝手に『悟道の道』を使ったことは有耶無耶《うやむや》になった。

元々クラスアップが目標だったから、とりあえずは良しとしよう。

ただ大きな問題がもう一つある。

元々金貨三百枚の使い道は、ミィミの身請け用の資金に充てる予定だった。

それが丸々返せなくなったのだ。

俺はひとまずゾンデさんの奴隷商会に立ち寄り、事情を話した。

「――というわけなんだ。すまん。だから、もう少し待ってくれないか？」

「かまいませんよ」

「ありがとう。必ず返すよ」

「ああ。いや、そういうことじゃなくてですね。返済しなくていいと言っているのです」

「「エエ⁉」」

俺もミィミも、ゾンデさんの商魂のたくましさをよく理解している。

だからこそ身請け金がタダなんてあり得ない。何か良からぬことを企んでいるのではないかと、逆に怖かった。

「ゾンデ？　どうしたの？　頭でもぶつけた？」

「も、もしや、何か悪い病気でも？」

「あなた方がわたくしに対してどのようなイメージをもっているかよ～くわかりましたよ」

半ば憤慨しながら、ゾンデさんはステッキを振るって、抗議する。

「す、すみません。……でも、どうして？」

「おかしい！　絶対あやしい！」

俺たちは揃って詰め寄る。ゾンデさんは店の奥へと向かうと、すぐに戻ってきた。

手には大きな袋を抱えている。中からジャラジャラと魅惑的な音が聞こえてきた。

もしやと思いながら、ゾンデさんに促されるまま袋の中を覗き込む。

そこには海賊の財宝もかくやというほど、金貨が黄金色に輝いていた。

「ゾンデ、このお金どうしたの？　いつも『お金がないない』って言ってたのに」

「あんた、まさか危ない商売にでも手を出したんじゃ」

ミィミと俺は指先を震わせながら、事情を尋ねる。

「わたくしはどっちかというと堅実に商売する方ですよ。ただ今回の商売はちょっとヒヤヒヤしましたけどね」

「何をしたらこんな……」

「簡単です。この世でもっともハイリスクでハイリターンな商売……。賭け事です」

ゾンデさんはさらりと言ってのける。

思わず俺もミィミも固まってしまった。

「もしかして剣闘試合の賭けに参加していたのか？」

「いけませんか？　わたくしだって賭け事の一つや二つはやりますよ。それにわたくしの娘同然の奴隷が参加するのです。応援の意味を込めて、ベットするのは当然とは思いませんか？」

「いや、でもそれだとこれは、あなたのお金では？」

「おや。クロノ殿、随分と察しが悪いですなあ。さっき言ったじゃないですか。応援の意味を込めたと……。このお金全部、ミィミに賭けたお金なんですよ」

ゾンデさんは笑う。

商売人の笑顔ではない。どこか父親のような目で、俺たちを見つめている。

「ミィミは『絶対優勝する』と答えました。優勝する人間がわかっているなら、賭け事なんて容易いものです。結果、わたくしは賭けに勝った。これは即ちミィミに稼がせてもらったという解釈もできます。クロノ殿でも、わたくしの力でもない。……ミィミはミィミ自身の力で稼ぎ、運命を切り開いた――そうはいえませんか？」

「ゾンデさん……」

ゾンデさんは俺の方を向いて一つ頷いた後、ミィミの方に向き直った。

「だから、お前はもう奴隷でもなんでもない。ただのミィミ・キーナだ」

ゾンデさんの話を聞いたとき、俺は少しミィミが羨ましかった。

奴隷商ゾンデの仕事は奴隷を買い、そして売ること。

でも、ミィミに対しては違った。そもそもミィミは、ゾンデさんにとって手のかかる娘のようなもので、商品ですらなかったのだろう。たぶん、ゾンデさんはゾンデさんの方法でミィミを一人前にしたかったのかもしれない。

商人であるゾンデさんにとって、ミィミを一人前として認める最大の目標は、稼げること。

少なくとも奴隷商会から出ていって、生活できることだったのではないだろうか。

だから、ミィミに対して金貨三百枚という発破をかけたのかもしれない。

「ゾンデ……。ありがとう」

「ミィミ、クロノさんを支えてあげるんですよ」

「……うん。ミィミ、あるじを支える」

ポロポロと泣きながらミィミは、ゾンデさんに抱きつく。牙でも爪でもなく、初めて与えられた娘からの愛情に、ゾンデさんは少し戸惑ったあと、その赤い髪を撫でた。

うん。やっぱ羨ましい。

血は繋がっていないけど、この二人はとてもいい親子だ。

◆◇◆◇◆

ミィミの身請けが無事に決まった一方……。

二人の勇者を乗せた馬車が一路南下し、帝都へと向かっていた。

やや慌ただしく回る馬車の車輪の音と微震を感じ、真田三宗は目を覚ます。

視界に映り込んだのは、野球帽にスカジャンを羽織った少年――ショウだった。

「やっと起きた。ミツムネくんさ。さすがに寝過ぎだよ」

早速ショウは不満を漏らすが、ミツムネのほうはまだ状況が理解できていないらしい。

忙《せわ》しなく目玉を動かす。やがてゆっくりと記憶を呼び起こすと、不意に巨大な隕石が落ちてきた場面がフラッシュバックした。

「ハアアアアアア！」

ミツムネは上半身を起こす。汗でべたついた金髪を撫で、荒く息を吐き出した。

ややオーバーリアクション気味に、周囲を窺ったが、隕石らしきものは一切見当たらない。

「オレ……。生きてんのか？」

「ボクが助けたんだよ。感謝してね」

「ガキ……、お前――」

「君に万が一のことがないように、陰ながらサポートしていたんだ。陛下の命令でね」

「ずっとオレを見張ってたってわけか？」

「それが仕事だったから。……ああ。もう一人の勇者は死んだよ。ボクがサポートしろと言われたのは、君一人だからね」

「そんなことはどうでもいい。ブラックはどこへ行った？」

「あの後、どっかへ消えちゃった。すごいね。ボク以外でも、転送の力を持っているなんて」

「引き返せ」

「嫌だね。ボクは帝都に帰りたい。田舎はやっぱりボクには合わないや。退屈でしょうがない」

「うるせぇ！　オレが引き返せって言ったら、引き返すんだよ」

「はあ……」

ショウは少しわざとらしくため息を吐く。すると荷台の上に置かれていた槍の束を拾い上げた。

「なんだ、ガキ？　まさかオレとやろうってのか？　つーか、お前槍なんて使えたのかよ」

ミツムネは立ち上がるが、ショウが槍を構えることはなかった。

ただ槍の束を持ったまま〈ジャンプ〉と声をかける。

瞬間、ショウの手元から槍の束が消えた。

「槍なんて使わないよ。まともな殴り合いなら、ミツムネくんにはかなわないからね。まさに大人と子どもの差さ。……でもね、ミツムネくん。それはボクたちがこの前まで住んでいた退屈で退屈でたまらない地獄のような日常での話なんだ」

「何が言いてぇ？」

「ここは異世界で、剣と魔法の世界なんだよ。ただ体格や腕っ節の強さだけで勝負が決まるわけじゃない。ここは学校の廊下でも、体育館裏でもないんだ」

ドンッ！

爆発音が鳴り響く。

ショウとミツムネが乗っていた馬車が突然爆ぜた。

馬も、御者も一緒に吹き飛び、幌付きの荷台は真っ二つになりながら砕け散る。

当然、ミツムネもまた放り出され、受け身も取れず、背中から地面に落ちた。

装着していた鎧のおかげで多少衝撃は軽減されたが、口の中に血の味が滲む。

十秒後、ようやく起き上がることができたミツムネが見たものは、無数の槍を中心に広がった大きな穴だった。馬車の残骸が飛び散り、今も馬が目を回している。

御者は動かない。おそらく死んでいるだろう。

突然の強襲――――。

ミツムネは周囲を窺ったが、誰もいない。ただ一人ショウが立っているのを見て、息を呑んだ。まだ子どものショウが、この惨事の中で平然と立っていたからだ。子どもとは思えない異様な表情に、ミツムネはブラック戦以来の恐怖を覚える。

「お、お前……」

「わかったかい。貧弱な槍でも高さと落下角度を調整すれば、立派な兵器になり得るんだよ」

「てめぇ……」

〈ジャンプ〉

「ぐはあああああああああ!!」

突然、ミツムネは悲鳴を上げた。

自分の口の中に何かゴソゴソと蠢く異物のようなものを感じたからだ。

慌てて指を突っ込み、取り除く。それはイナゴに似た大きな昆虫だった。

口内に残る昆虫の感触を、ミツムネは必死になって掻き出そうとする。

ふと顔を上げると、ショウが目の前に立っていた。

大きく瞼を広げ、まるで虫かごに入った昆虫でも観察するかのようにミツムネを見つめている。

「その気になれば、ミツムネくんの心臓に石ころを入れることだってできるよ。それがどういうことか、いくら頭が悪い君でもわかるよね?」

「て、てめぇ……」

「君を殺そうと思えばいつでも殺せるんだよ、ボクは。いい加減、頭を使おうよ。原始人じゃないんだからさ。ここは君が住んでいた現代じゃないんだ。異世界なんだよ」

ショウから殺意は感じられない。ミツムネに対する興味すらないように見える。しかし目は子どものそれとは思えないほど濁りきり、闇に落ちていた。

最後にショウは、ようやく少年らしく屈託なく笑う。

スカジャンのポケットに手を入れたときには、いつものつかみどころのない少年に戻っていた。

「あーあ。たまには馬車の移動もいいかなあって思ってたけど、飽きちゃった。帰ろうか、ミツムネくん」

「あ、ああ……」

超然とした少年の雰囲気に呑まれ、ミツムネはかろうじて頷く。

少年から差し出された手を取ると、二人の勇者は消えてしまった。

◆◇◆◇◆

メルエスで目的を達成した俺は、北へと向かう馬車にミィミと一緒に揺られていた。

デーブレエス伯爵が失脚すると、次の領主が決まるまでの代官がすぐにやってきて、それまで滞っていた国境審査業務を再開した。早速申し込んだ俺は、ついに帝国脱出のための国境通過書を手にする。しかし、行き先は予定していたルーラタリア王国ではない。直前で変更し、今は西のほうへ向かっていた。

「いいの、あるじ。お姫様から仕事を手伝ってほしいって言われたんじゃないの？」

「ラーラのことか……。まあな」

メルエスを出る三日ほど前。ミィミと一緒に、俺はラーラからスカウトされていた。

ティフディリア帝国は各国から魔導書や、レアな素材、魔導具《アイテム》などを密かに買い集めて、他国の戦力を少しずつ削りつつ、自分のところの戦力を増やしている。その戦略の一環が勇者召喚だ。

しかし、その企みは看破された。最近ではルーラタリア王国を始め各国が、軍事拡大を続ける帝国に対抗しようと連携を深めているらしい。

そのパイプ役を担っているのが、ラーラ・ギ・ルーラタリアだ。

既に各国の有力者たちが、彼女に協力を申し出ている。ティフディリア帝国の中にも協力者がいて、その一人がロードルというあの審判なのだそうだ。

しかしラーラたちの動きはティフディリア帝国も掴んでいるらしい。

『おそらくわたくしの命を狙ったのも、帝国の誰かでしょう』

神妙な表情でラーラは語ったが、それでも彼女は今の役目から降りないという。

俺にはそのサポートを頼みたいとのことだったのだが……。

「ラーラのことは信用しているし、手伝ってはあげたいとは思う。でも、今のところルーラタリア王国側の一方的な主張を聞いただけだ。それが必ずしも真実とは思えない。判断を下すには、まだ情報が足りなさすぎる」

ジオラントに来て、まだ三ヶ月も経っていない。

俺はもっと今のジオラントを見て、聞いて、感じる必要がある。

戦争は厄介だが、今すぐ始まるという雰囲気でもないしな。

「ジー……」

「なんだよ、ミィミ。その目は……」

「そんなことを言って、あるじはゆっくりしたいだけ」

「バレたか。まあ、書き置きは残してきたし、予感がするんだ。また会えるんじゃないかってね」

「ねぇ、あるじ」

「ん？」

「あるじ、ラーラのこと好き？」

「ぶほっ！　ち、違うよ。そもそもラーラと俺じゃ釣り合わないだろ」

「昔『剣神』が言ってた。愛に国境も身分も関係ないって」

ミィミに何を教えてるんだよ、あいつは。

思えば剣以外のことは、ろくなことを教えない奴だった。

「あるじ、顔が赤い。あやしー」

「そ、そういうミィミは俺のこと好きだろ？」

「うん。あるじのこと、だ～い好き！」

「ちょっ！　ミィミ！」

ミィミは俺を押し倒すと、お腹の上で猫のようにすり寄り、くっついてくる。

幌の中は慌ただしかったが、馬車はゆっくりと轍《わだち》を進めていく。

向かうは西の国——エルフが建国したというパダジア精霊王国だ。

《了》

あとがき

初めましての方は初めまして。私の小説を一回でも読んだことがあるという方、ご無沙汰しております。作家の延野正行です。

この度、小説家になろうにて連載しておりました『ハズレスキル『おもいだす』で記憶を取り戻した大賢者～現代知識と最強魔法の融合で、異世界を無双する～』を上梓することができました。本当に久しぶりの小説の出版でして、調べてみたところ前回出した小説が一年半前。サーガフォレスト様に関していえば、『魔物を狩るなと言われた最強ハンター、料理ギルドに転職する～好待遇な上においしいものまで食べれて幸せです～』二巻の二年半ぶりの出版となります。

その間、何をしていたのかというと、漫画原作の企画を練ったり、流行のウェブトゥーン作品に挑戦したりと色々活動しておりました。ちなみにですが、先の『魔物を狩るなと言われた最強ハンター、料理ギルドに転職する～好待遇な上においしいものまで食べれて幸せです～』のコミカライズも原作として携わらせていただいております。四巻まで出ておりますので見かけましたら是非手に取ってみてくださいね。

さて少し今作のお話をさせていただきますと、WEB小説としてはオーソドックスな異世界転移＋無双ものとなっております。それまで料理を主体とした作品を書いていたのですが、久しぶりに王道ファンタジーを書きたくなり、執筆したのが始まりです。個人的に趣味程度で書こうと思っていたのですが、思いかけずサーガフォレストの編集様にお声がけいただきました。果たしてクロノが失った記憶とは？　時にダークな雰囲気が漂う作品ですが、クロノとミィミが気持ち良く成長していく姿を見守っていただければ幸いです。

さてそろそろ締めの挨拶とさせていただきます。

某薬師の作品を読みながら、「ノエラかわいいよ、ノエラ」と言っていたら、まさかうちのミィミを描いていただけると思ってもみませんでした。松うに先生、最高に可愛いミィミを描いてくれてありがとうございます！　拾っていただいたサーガフォレストの編集部の皆様。様々な事情で代わりながら、作品に独自の爪痕を残していってくれた編集O様とK様、現担当M様。もうこれしかないというほど、素晴らしいデザインをしてくれたデザイナー様。梅雨空の下で、営業に走り回る営業担当様。梅雨の湿気にも負けず、拙作を並べてくれている書店員の方々。小説家になろう、およびカクヨムから応援いただいている読者の皆様。最後に作品を手に取り、ここまで読んでいただいた読者の皆様に感謝申し上げます。ありがとうございます。

是非また続刊でこのようにご挨拶させていただければと思います。

最後に告知です。二〇二四年六月二十五日に『魔王様は回復魔術を極めたい（1）その聖女、世界最強につき』がブレイブ文庫様にて出版いたします。あらゆる術理を修めながら、唯一回復魔術を極めることができなかった魔王が、人間に転生し、聖女を養成する学校に入学するというお話です。

笑って、ホッコリして、百合成分もあるお話ですので、是非手に取ってください。

よろしくお願いします！

延野正行

ハズレスキル『おもいだす』で記憶を取り戻した大賢者 1
〜現代知識と最強魔法の融合で、異世界を無双する〜

発行
2024年6月14日　初版発行

著者
延野正行

発行人
山崎　篤

発行・発売
株式会社一二三書房
〒101-0003　東京都千代田区一ツ橋2-4-3 光文恒産ビル
03-3265-1881

編集協力
株式会社パルプライド

印刷
中央精版印刷株式会社

作品の感想、ファンレターをお待ちしております。

〒101-0003　東京都千代田区一ツ橋2-4-3 光文恒産ビル
株式会社一二三書房
延野正行 先生／松うに 先生

Printed in Japan, ISBN 978-4-8242-0194-2 C0093
※本書は小説投稿サイト「小説家になろう」（https://syosetu.com/）に
掲載された作品を加筆修正し書籍化したものです。